VARIÉTÉS
PHILOSOPHIQUES
ET
LITTÉRAIRES.

VARIÉTÉS
PHILOSOPHIQUES

ET

LITTÉRAIRES,

Par George-Louis BERNARD.

« Il y a dans la méditation des pensées honnêtes
» une sorte de bien-être que les méchans n'ont
» jamais connu ; c'est celui de se plaire avec
» soi-même ».

J. J. Rousseau.

SECONDE PARTIE.

A PARIS,

CHEZ ANTOINE-AUGUSTIN RENOUARD.

1808.

VARIÉTÉS

PHILOSOPHIQUES

ET LITTÉRAIRES.

Tandis que les flots du temps m'entraînent avec rapidité vers l'océan redoutable de l'avenir, je voudrois pouvoir un moment jeter l'ancre et m'arrêter, pour contempler avec plus d'attention le rivage, que je n'ai vu jusqu'à présent qu'en fuyant.

Placé, par un pouvoir inconnu, sur le globe de la terre, d'où je dois bientôt disparoître, je voudrois, avant que de le quitter, connoître, avec quelque certitude, la place qui m'y a été assignée dans l'ordre des choses, afin d'établir sur cette connoissance des règles de conduite, pour le temps que j'ai encore à y passer.

Je voudrois, à l'exemple de Socrate et de Marc-Aurèle, me livrer, dans le calme de la solitude et dans le silence des passions, à de sérieuses méditations sur la nature et la fin de mon être; et, élevant ma pensée au-dessus des préjugés, qui, trop souvent, l'asservissent et la dégradent, peser, à la juste balance du raisonnement, les biens et les maux de cette vie, pour ne point trop craindre les uns, et ne pas attacher un trop grand prix aux autres.

Je suis bien loin, il est vrai, d'avoir le génie de ces grands hommes; mais, comme eux, j'ai reçu du ciel une ame intelligente; comme eux, j'aime et j'adore la vérité. Les mêmes objets qui, il y a deux mille ans, servoient de texte à leurs méditations, sont encore existans aujourd'hui dans le tableau toujours vieux et toujours nouveau de cet univers. C'est encore la même terre qui me porte ; ce sont les mêmes astres qui m'éclairent , les mêmes productions qui me nourrissent , les mêmes phénomènes qui s'offrent à ma vue. Que si les hommes, que je suis à portée d'observer, n'habitent pas le même climat, ne parlent plus la même langue, n'obéissent plus au même gouvernement ; ce sont pourtant encore les mêmes lois générales qui régissent la nature humaine, ce sont les mêmes mobiles qui la mettent en action.

La première chose qui me frappe en commençant cet examen, c'est mon indifférence précédente sur l'objet dont je désirerois si fort de m'occuper. Comment ai-je pu vivre jusqu'à ce jour sans étudier avec plus de soin les rapports, qu'ont entre eux et avec moi les différens êtres qui m'environnent? Comment ai-je pu, stupide esclave de l'opinion, et vil jouet des impulsions fortuites du moment, me repaître de frivolités, admirer des bagatelles, courir après des chimères, fonder tour-à-tour sur elles mes plaisirs, mes craintes, mes espérances, et perdre, à leur poursuite, un temps si précieux, qui ne peut plus revenir, et tant de biens réels qu'il ne me ramenera plus?

D'où vient l'indifférence de la plupart des hommes sur le spectacle de la nature? Précisément de ce qui fait l'admiration des sages, et la recherche des philosophes. De la constance de ses lois, et de l'uniformité de ses opérations. C'est l'habitude de voir toujours les mêmes choses agir de la même manière, qui émousse en nous le sentiment naturel de la curiosité. On n'est point surpris de voir le soleil se lever aujourd'hui ; parce qu'on l'a vu se lever hier, et tous les jours de sa vie. Cela suffit pour qu'on n'en demande pas davantage : mais que quelque cause extraordinaire obscurcisse inopinément la lumière de cet astre, tout le monde se récrie, et voudroit connoître cette cause. L'ensemble de cet univers est-il une merveille moins étonnante, que le spectacle d'une éclipse ou d'une comète ?

S'il étoit possible que, sans en avoir fait le long et pénible apprentissage, un homme, jeté tout-à-coup sur cette planète, fût capable de raisonner et de penser ; combien ne seroit-il pas surpris de cette foule d'étonnans phénomènes qui assailliroient simultanément tous ses sens ? Noyé, perdu au milieu de cette multitude innombrable d'êtres si variés, qui viendroient successivement s'offrir à lui, et qui, comme les flots de la mer, disparoî-troient et se renouvelleroient sans cesse; il se trouveroit dans un état de perplexité qui suspendroit d'abord l'usage de toute réflexion, et ne lui laisseroit que la conscience de ses sensations, qui lui donneroient le sentiment de son existence. Le premier sentiment qu'il éprouveroit seroit donc celui de son existence, et la première chose dont il seroit surpris, en portant ses regards sur l'univers, ce seroit de s'y voir, ou plutôt, ce seroit de cette existence même : car il n'est pas douteux que, jusqu'à ce qu'il eût pu s'assurer, par le toucher, de celle des objets extérieurs, il ne les regardât comme les modifications de son MOI.

~~~~~~~~~~~~~~~~~~~~~~~~~~~~~~~~~~~

DES SENSATIONS.

En réfléchissant sur mon être, la première vérité que j'entrevois, et qu'aucun sceptique ne parviendra jamais à ébranler, c'est celle-ci : J'existe. En effet, je sens, je compare, je juge, j'imagine, je veux, j'agis ; ou, pour tout dire en deux mots, je sens et je pense. Or, le rien, qui n'a aucune propriété, ne sauroit ni sentir, ni penser.

Mais que dois-je entendre par ce mot *je?* Qu'est-ce qui sent et qui pense en moi ? c'est l'ame. Cette proposition : *J'ai une ame*, équivalant à celle-ci : *Je sens et je pense*, est donc identique avec la première : *J'existe*.

Mes sensations, ou les modifications diverses dont mon ame est sus-

ceptible, sont de deux espèces distin-
guées par leurs différens degrés d'in-
tensité. Les unes, vives et profondes,
l'ébranlent avec force, indépendam-
ment d'elle-même, et souvent contre
son gré; les autres, moins vives et
moins distinctes, l'affectent beaucoup
moins, et sont produites par une
force interne qui lui appartient, et
que nous nommons la mémoire.

Il est évident que les sensations de
la première classe ne sont point produites par la seule énergie de l'ame,
puisqu'elle est purement passive en
les éprouvant; qu'il ne dépend pas
plus d'elle de les affoiblir que de les
anéantir, et qu'elle trouve souvent,
lorsqu'elle veut s'en délivrer, une ré-
sistance invincible, incompatible avec
le pouvoir actif qu'elle auroit sur
elles, si la supposition contraire étoit
vraie. Les sensations étant tour-à-tour
agréables et déplaisantes, si la source

en étoit uniquement dans l'ame , comme elle seroit toujours maîtresse du choix, et n'en voudroit que d'agréables, nous n'en aurions jamais que de telles.

La cause de mes sensations n'est donc point en moi ; elle est dans quelque chose d'étranger à l'ame, qui n'existe point en elle, et qui pourtant agit sur elle.

Mais quelle est cette cause ? Est-ce, comme le prétend Descartes , une cause morale et intelligente qui lui communique toutes ses idées, et y produit nécessairement tous les changemens qui s'y font remarquer? Ou bien sont - ce différens êtres physiques, qui n'agissent sur elle qu'accidentellement, et à l'action desquels elle est quelquefois libre de se soustraire?

Dire qu'une cause morale et invisible produit nécessairement tous les phénomènes de l'ame, c'est avancer une proposition, que jamais aucun homme ne sera en état de prouver; c'est dépouiller de toute liberté une substance active de sa nature; c'est enfin attribuer à une cause intelligente tous les désordres du systême intellectuel et moral, ce qui est contradictoire.

N'est-il pas à-la-fois plus vrai et plus conforme au sentiment intérieur, de dire que la variété de mes sensations vient de la variété des causes qui les produisent; que ces causes sont autant d'êtres physiques réellement existans hors de moi dans l'univers matériel, et que, bien qu'elles influent puissamment sur les déterminations de la volonté, elles ne sont pourtant pas assez fortes pour l'entraîner irrésistiblement, et pour anéantir sa liberté?

Me voilà donc suffisamment convaincu de la réalité des corps, qui ne sont que les objets de mes sensations; tout comme je le suis de l'existence d'une force interne, ou d'un principe actif qui les compare, qui constitue véritablement le moi humain, et qui est le siége du sentiment et de la pensée. Mais quelle connexion y a-t-il entre mes sensations et les corps qui les produisent ? Les premières sont-elles des peintures ou des copies des seconds? Ont-elles même avec eux quelque ressemblance? Voilà ce qu'il ne m'est pas possible de décider, parce que je n'ai aucun moyen de comparer la perception d'un objet avec l'objet même qui l'a fait naître, lequel ne m'est connu que par la perception que j'en ai, et non immédiatement sans elle. L'ame n'a et ne peut donc avoir que des perceptions. A proprement parler, elle ne compare pas les objets, et ne juge pas de leurs rapports ; elle ne peut comparer que des sensations avec d'autres sensations, des idées avec d'autres idées, et prononcer sur leurs rapports. Nous ne savons donc pas ce que les corps sont en eux-mêmes ; tout ce que nous en pouvons connoître, c'est la manière dont ils nous affectent, c'est ce qu'ils sont relativement à nous.

Mais qu'importe ? Est-ce sur la nature des choses qu'est fondé mon bien-être ou mon mal-être ? Ne dépendent-ils pas uniquement de l'impression qu'elles font sur moi ? Quand j'admettrois, avec Berkley, que tout est idéal, et que les corps n'existent pas, je n'en serois pas moins forcé de raisonner sur les apparences, exactement de la même manière que je raisonne sur ce que, dans le systême contraire, on appelle la réalité.

DES SENS.

Parmi les différens corps qui agissent sur l'ame, celui avec lequel elle est si intimement unie, doit fixer d'abord son attention. C'est par lui qu'elle est en communication avec le reste du monde matériel. Ses moyens de communication sont les sens, qui, recevant les impressions des objets extérieurs, les transmettent au principe actif, qui en juge et qui les retient. Si j'étois né aveugle, je n'aurois aucune idée de la lumière; si j'étois né sourd, je n'aurois nulle idée des sons. Il en est de même des autres sens : si j'en étois privé, je serois privé aussi de toutes les idées qui leur sont relatives. Mes sens sont donc le canal de mes idées, et l'univers extérieur en est la source. Sans eux, l'ame seroit semblable à un vase capable de contenir toutes sortes de liqueurs, mais qui, ne recevant rien du dehors, et ne pouvant se remplir de lui-même, resteroit éternellement vide.

En passant en revue mes idées, j'en trouve un grand nombre qui, n'exprimant que des rapports, et ne représentant aucun objet extérieur, n'ont pu me venir par les sens. D'où naissent-elles donc ? Elles sont le fruit de la réflexion, comme les idées sensibles sont le résultat de la sensation. C'est en travaillant sur celles-ci que l'ame les acquiert, et elles sont la preuve incontestable de son activité, sans laquelle elle n'auroit que des images, et point d'idées abstraites. Il est donc vrai de dire que, bien que toutes nos idées ne dérivent pas immédiatement des sens, ils sont cepen-

dant la source primitive de nos connoissances.

Si les sens sont pour moi la source
de beaucoup de vérités, ils sont aussi
le principe d'un grand nombre d'erreurs, lorsque je me hâte de juger sur
leur rapport. L'eau courbe un bâton,
et grossit tous les objets; l'éloignement les rapetisse, et change leurs
formes : j'apperçois aujourd'hui tel
corps qui, hier, dans la même position, échappoit à ma vue, etc. A
chaque pas, l'illusion s'offre à moi sous
les traits de la vérité. La manière dont
un objet m'affecte pouvant dépendre
de cinq choses, savoir, de sa distance,
de sa position à mon égard, de la nature du milieu ou de l'espace à travers
lequel il agit sur moi, de l'état de l'organe qui en reçoit l'impression, et de
la situation de l'ame qui en juge : je
dois donc, si je veux éviter l'erreur,
avoir égard à ces choses avant de por-

ter un jugement sur l'objet que je veux connoître ; je dois le soumettre, s'il est possible, à l'examen de plusieurs sens à-la-fois.

Toutes les sensations corporelles sont produites par des ébranlemens communiqués, par les objets extérieurs, à quelque filet de ce tissu nerveux, dont les innombrables ramifications embrassent toutes les parties du corps, et vont aboutir au cerveau, qui, selon toutes les apparences, est le siége de l'ame. Le goût et le toucher exigent un contact immédiat. Quant aux trois autres sens, ils n'agissent que par le moyen de certains corps interposés entre eux et les objets. L'organe de la vue est ébranlé par les rayons directs ou réfléchis qui, en se brisant, traversent le globe transparent de l'œil, et vont former, sur la rétine, une image renversée de l'objet dont ils partent ; celui de l'ouïe, par les vibrations communiquées, par le corps sonore, à l'air qui les transmet à l'oreille; celui de l'odorat, par les corpuscules imperceptibles émanés des corps odoriférans, et qui s'y introduisent avec l'air dans lequel ils nagent. L'air est donc le véhicule des sons et des odeurs, comme la lumière est celui des couleurs. La vue est celui de nos sens dont la sphère d'activité est la plus étendue; après vient l'ouïe, puis l'odorat. Ils nous trompent en raison du nombre des objets qu'ils embrassent, et de la distance à laquelle ceux-ci agissent. La vue nous induit plus souvent en erreur que l'ouïe; celle-ci plus que l'odorat : enfin le toucher, le plus sûr de tous, sert à rectifier les jugemens que nous portons sur le rapport des autres; cependant il a aussi ses erreurs. Quant au goût, qui n'est qu'une espèce particulière de toucher, si ses

objets sont les plus indispensables,
c'est à-la-fois le plus borné et le plus
grossier de tous nos sens; c'est le seul
qui ne dise rien au cœur ni à l'imagination; c'est le sens de la pure ani-
malité.

Que de plaisirs toujours nouveaux
ne dois-je pas à mes sens! Chacun
m'apporte un tribut inépuisable de
jouissance, et c'est par eux que je
m'approprie tous les biens dont l'univers abonde. Par la vue, j'apperçois
les brillantes couleurs de l'aurore, et
la douce verdure des prairies; par
l'ouïe, j'entends le chant plaintif du
rossignol, le murmure des ruisseaux,
et l'harmonie des instrumens; par
l'odorat, je respire le parfum suave
de la rose, de l'œillet et de la fleur
d'orange; par le goût, je savoure avec
délices les fruits désaltérans de l'été,
et tous les trésors de l'automne: enfin,
par le toucher, je sens tour-à-tour la

vivifiante chaleur du soleil, et la fraîche haleine des zéphirs, etc.

Puisque mes sens sont la source de tant de jouissances, je dois donc travailler à les perfectionner, et à les garantir de tout ce qui pourroit leur porter atteinte. Ainsi mes premiers devoirs envers moi-même sont fondés sur mon bien-être et sur ma propre utilité. Quel intérêt n'ai-je pas à les observer !

DE L'AME.

L'AME, a dit Leibnitz, est un miroir de l'univers. Quelle est en effet cette substance étonnante, qui imprime le mouvement au corps, et lui fait exécuter en esclave ses volontés suprêmes; qui rappelle le passé, se soustrait au présent, lit dans l'avenir; rassemble en un seul instant les différentes portions de la durée, réunit en un point les parties les plus éloignées de l'espace; mesure et pèse le globe, s'élance dans les cieux, parcourt l'univers, en découvre les lois, s'élève jusqu'à son auteur, crée des mondes nouveaux, conçoit la vertu, et se replie sur elle-même pour sonder et perfectionner ses propres opérations?

Plus je médite sur la nature de l'ame, plus je me convaincs de la profonde ignorance où je suis de mon être. S'il m'est impossible de connoître l'essence des corps, qui tombent sous les sens, comment parviendrois-je à connoître celle de l'ame qui leur échappe? Je ne la connois que par ses effets, qui sont le sentiment, la pensée et la volonté. Quant au principe même d'où ils dérivent, tout ce que j'en puis dire, c'est qu'il doit être absolument différent des corps *que je connois*, puisqu'il produit des phénomènes tout différens. En effet, tous les changemens dont les êtres matériels *à moi connus*, sont susceptibles, arrivent nécessairement dans l'espace, et ne peuvent consister qu'en de nouvelles formes, ou de nouveaux mouvemens. Or, la pensée ne suppose aucun espace; elle n'a ni figure, ni mouvement, ni dimensions. Je ne saurois me la représenter comme un effet des lois de la mécanique ; et l'idée de Dieu ou de la vertu résultant du choc ou de la combinaison de certains corpuscules, me paroît être la chose du monde la plus absurde et la plus inconcevable.

Voici, ce me semble, la différence essentielle entre les deux êtres. L'organe est, de sa nature, passif et obéissant ; il reçoit le mouvement et le communique, sans pouvoir jamais le produire par sa propre énergie : l'ame, au contraire, ou la force qui anime cet organe, est essentiellement active ; elle est l'ouvrière de sa propre action, et la créatrice de ses mouvemens. En écrivant ceci, par exemple, je sens très-bien que la cause unique de mon action est en moi, que rien ne m'y détermine que ma volonté, et que je suis parfaitement libre de faire autre chose. Dira-t-on de même que l'eau est libre de ne pas couler, la fumée de ne pas s'élever, la pierre de ne pas tomber, ou de dévier de la direction verticale !

Comment les deux êtres agissent-ils réciproquement l'un sur l'autre ? Comment un ébranlement dans les organes des sens produit - il une perception dans l'ame ; et comment cette perception est-elle suivie d'un mouvement dans le corps? Pour expliquer ce mystère, Descartes et Leibnitz, qui admettoient qu'une substance simple ne pouvoit avoir aucune communication avec la matière, imaginèrent, l'un son système des causes occasionnelles, et l'autre celui de l'harmonie préétablie. Mais qui a prouvé que le corps et l'ame ne peuvent agir l'un sur l'autre ? Connoissons-nous assez la nature de la matière et celle de l'esprit, pour décider cette question ? D'ailleurs, qu'ai-je besoin

de savoir tout cela ? Je veux connoître
un objet ; je dirige sur lui mes sens ou
mon attention. Je veux marcher ; je
marche. Cela me suffit. Pour faire
usage de ma montre, il n'est pas nécessaire que j'en connoisse le méca-
nisme intérieur : l'essentiel est de savoir la remonter à propos, et la garantir de tout ce qui pourroit en al-
térer le mouvement.

Je m'arrête ici, de peur de m'égarer
dans les routes obscures de la métaphysique. J'ai reconnu en moi deux
principes différens ; l'un intelligent
et libre, qui est l'ame ; l'autre passif
et obéissant, qui est le corps. C'est la
réunion de ces deux principes qui
constitue l'être humain, l'homme.

~~~~~~

DES FACULTÉS DE L'ÂME.

———

Puisque la nature du principe pensant est couverte d'un voile impénétrable, je dois donc me borner à l'examen de ses facultés et de ses opérations, qui me sont connues par le sentiment intérieur.

Je trouve, en y réfléchissant, que ces facultés se réduisent à trois principales, savoir : l'*intelligence,* la *liberté* et la *volonté.*

L'intelligence est la faculté de connoître ; la liberté est la faculté de choisir ; la volonté est la faculté de prendre une détermination.

Par la première, j'examine ce qui est faisable ; par la seconde, je délibère sur ce que je ferai ; par la troisième, je tends à agir conformément au résultat de ma délibération, et, s'il n'y a point d'obstacle, j'agis.

L'intelligence propose les lois qui sont à suivre ; la liberté les sanctionne ou les rejette ; la volonté les exécute par le moyen du corps, ministre de ses déterminations.

Sans l'intelligence, la liberté n'auroit point lieu, puisqu'on ne peut choisir qu'entre plusieurs choses qu'on connoît ; sans la liberté, la volonté n'auroit aucun but, puisqu'elle se détermineroit au hasard, n'ayant été précédée d'aucune délibération : enfin, sans une force suffisante, la volonté seroit inutile, et resteroit sans effet.

Tant que ces trois pouvoirs agissent de concert, l'harmonie subsiste dans l'âme ; mais dès le moment qu'ils cessent d'être subordonnés l'un à l'autre : sitôt que la volonté décide

sans choix, ou que la liberté s'exerce
sur des objets que l'entendement n'a
pas suffisamment approfondis, l'erreur et le désordre s'introduisent peu
à peu dans le systéme intellectuel, et
l'homme, n'agissant plus conformément à sa nature, se trouve en contradiction avec lui-même, et tombe enfin
dans la misère et dans l'abrutissement.
De là résulte clairement la nécessité
de former mon esprit à la vérité, de
soumettre ma liberté à la raison, et
de plier ma volonté à la vertu.

L'ENTENDEMENT. — En examinant
de plus près mon entendement, j'y
distingue trois pouvoirs différens, qui
concourent plus ou moins à ses opérations, savoir la *mémoire*, ou la faculté de retenir les sensations et les
idées; la *raison*, ou la faculté d'en
appercevoir les rapports; l'*imagination*, ou la faculté de les reproduire,

de les modifier, et de les combiner
dans un ordre arbitraire, tout différent de celui dans lequel je les ai reçues (1).

---

(1) Cette division des facultés de l'entendement, établie d'abord par l'illustre chancelier
Bâcon, et adoptée dans la préface de l'Encyclo-
pédie, comme tronc primitif de l'arbre généa-
logique des sciences humaines, paroît être à la
fois la plus simple et la plus lumineuse qui ait
encore été faite. Le concours de ces trois facultés
est sans doute plus ou moins nécessaire dans
toutes les opérations de l'esprit ; mais, de quelque manière que les psychologistes dissèquent
notre entendement, ils ne parviendront jamais
à établir une division dont les caractères soient
nettement tranchés, et qui soit à l'abri de tout
reproche. Au surplus, ces divisions n'ont de réalité que dans notre manière de voir : elles n'existent point séparément dans l'ame humaine, qui
est essentiellement une ; ce qui n'empêche peut-
être pas qu'outre le principe intelligent, il ne
puisse y avoir en nous un autre principe d'ani-
malité, qui en est tout différent, ainsi que l'ont
pensé presque tous les anciens philosophes, et,

« Par la mémoire, je conserve le souvenir des sensations diverses qui m'ont
affecté dès l'enfance ; et j'apperçois la
liaison des différentes parties de mon

---

après eux, quelques philosophes modernes,
entre autres Buffon.

Au risque de divaguer et d'alonger cette note
outre mesure, je vais transcrire ici, en faveur
de ceux qui ne connoissent pas l'opinion des
anciens, un passage de d'Aguesseau où elle est
très-bien exposée.

« La théologie du paganisme, *peu éloignée*
» *sur ce point de celle du christianisme*, distin-
» guoit, si l'on peut parler ainsi, deux hommes
» dans le même homme, et comme deux ames
» dans une seule.

» D'un côté, une ame éclairée, intelligente,
» raisonnable, qui connoît son devoir, qui sait
» en quoi consiste la perfection de son être, et
» qui sent que c'est là qu'elle doit chercher son
» bonheur.

» De l'autre, une ame troublée et obscurcie
» par les nuages que les passions y répandent ;
» aveugle sur ses véritables intérêts ; entraînée

existence ; je retiens les mots de ma langue maternelle, et j'en apprends de nouvelles ; je profite des leçons de l'expérience, et je transmets à la pos-

---

» par l'impression des objets sensibles, plutôt
» que conduite par les lumières de son intelli-
» gence ; cherchant son bonheur dans ses éga-
» remens mêmes, et s'en éloignant toujours de
» plus en plus, parce qu'elle veut le trouver
» dans ce qui fait son imperfection.

» Voilà ce qui avoit porté l'ancienne philoso-
» phie à donner deux ames à l'homme : l'une
» raisonnable, l'autre qu'elle appeloit sensitive ;
» la dernière faite pour obéir à la première,
» mais cherchant toujours à en secouer le joug,
» et n'y réussissant que trop souvent ».

» Cette duplicité de l'homme est si visible,
dit Pascal, » qu'il y en a qui ont pensé que
» nous avions deux ames ; un sujet simple leur
» paroissant incapable de telles et si soudaines
» variétés, d'une présomption démesurée à un
» horrible abattement de cœur ».

Je crains bien qu'après avoir épuisé toutes les hypothèses, pour rendre raison des éton-

térité les faits qui sont l'objet de l'Histoire.

Par la raison, je compare ou je
rapproche deux objets ou deux idées,

---

nantes anomalies de notre nature., on ne soit
enfin forcé de revenir à la doctrine des anciens.
Elle me paroît en effet être la seule, qui donne
une explication suffisante des éternelles contradictions du cœur humain. Ceux qui desireront
de plus amples détails sur cet objet pourront
consulter Buffon (art. *Homo duplex*), et sur-tout
un ouvrage intitulé : *L'Homme et la Société*,
par Salaville. — J'observerai en passant que
Pascal, dans le passage cité plus haut, n'a fait
pour ainsi dire que copier Montaigne ; car celui-
ci dit positivement, au chapitre de l'Inconstance
de nos actions (Liv. II, 1) : « Cette variation et
» contradiction qui se veoid en nous, si souple,
» a faict que aulcuns nous songent deux ames,
» d'autres deux puissances, qui nous accompai-
» gnent et agitent chascune à sa mode, vers le
» bien l'une, l'autre vers le mal ; une si brusque
» diversité ne se pouvant bien assortir à un sub-
» iect simple ».

pour en connoître la ressemblance ou
la différence ; je juge, ou je prononce
les rapports que j'ai apperçus ; je raisonne, c'est − à − dire, qu'après avoir
comparé successivement deux choses
dont je ne vois pas immédiatement
le rapport, avec une troisième qui
m'est connue, je tire des conséquences
sur leur égalité ou leur inégalité ; je
réfléchis, ou je porte alternativement
et à différentes reprises mon attention
sur plusieurs objets que je veux connoître : enfin je pense, ou je pèse les
idées, pour découvrir tout ce qu'elles
ont de commun. La raison recherche
la base de nos devoirs, pose les principes de nos connoissances, et s'é-
lève, à l'aide de l'observation et de
l'expérience, à la connoissance et à
l'explication des phénomènes de la
nature. C'est elle qui a créé cette
science sublime, qu'éclaire sans cesse
le flambeau de l'évidence, et qui,

appliquée au mouvement de tous les corps, a si fort étendu la puissance de l'homme, et la sphère de son intelligence.

Tandis que la raison, en marchant de conséquence en conséquence, pourvoit à tous nos besoins, et multiplie nos moyens à l'infini; l'imagination, mère du goût et des beaux - arts, ne cesse d'agrandir le cercle de nos jouissances. C'est elle qui touche la lyre des Orphées, qui guide le pinceau des Apelles et le ciseau des Phidias, et qui, embouchant tour-à-tour la trompette épique et le flageolet champêtre, immortalise les Homères, les Virgiles et les Théocrites. C'est elle qui, franchissant les barrières de l'Univers, découvre au-delà un monde nouveau, d'où elle rapporte des formes et des couleurs jusqu'alors inconnues. C'est elle enfin, c'est son pouvoir magique qui anime toute la nature, et qui

change les déserts les plus sauvages
en paysages enchanteurs.

La LIBERTÉ. — La liberté est le plus
noble des attributs de l'ame, et le don
le plus précieux qu'elle ait reçu du
ciel ; c'est par elle que je suis capable
de grandeur, de vertu et de mérite ;
c'est elle seule qui me rend digne de
mépris ou d'estime, de blâme ou d'ap-
probation ; c'est d'elle que dérive la
moralité de toutes mes actions ; c'est
elle enfin, bien plus que la raison,
qui distingue l'homme de la brute,
esclave du penchant qui la domine :
sans elle les actions les plus sublimes
n'auroient aucun prix ; les crimes les
plus atroces seroient indifférens. Sans
elle nous ne serions que de vils auto-
mates, nous ne serions rien du tout.
Pour que je fusse un être moral, il
étoit absolument nécessaire qu'après
avoir reconnu ce qui est vrai, ce qui

est bon, ce qui est juste, je fusse libre de choisir le contraire ; c'est - à - dire que, pour jouir de la vérité, il falloit que je fusse sujet à l'erreur, comme, pour jouir de la vertu, il falloit que je fusse capable de vice. Pourquoi donc nous plaindre des défauts et des foiblesses de l'humanité? Ce sont leurs contrastes qui relèvent toutes les différentes perfections dont elle est susceptible.

La VOLONTÉ. — De la volonté, dirigée constamment vers un objet déterminé, naissent les *inclinations*, qui se transforment en *passions*, lorsqu'elles deviennent assez fortes pour rompre l'équilibre des différens pouvoirs de l'ame, et pour en troubler la tranquillité.

Toute force morte est une force nulle. Ce seroit en vain que la bonté du créateur auroit mis dans l'homme

le germe d'une foule de penchans et
de perfections, si elle ne lui avoit pas
fourni en même temps les occasions
de les développer. Pour cet effet, elle
l'a entouré de précipices, de dangers
et d'obstacles de toutes espèces ; elle
l'a mis aux prises avec les bêtes féroces, et avec toutes les puissances de
la nature. Ce n'est qu'en luttant contre
elles, et en les assujétissant l'une par
l'autre, qu'il a formé son intelligence.
Ce sont les sables arides, les marais
fangeux, les monts escarpés, les fleuves
profonds et les vastes mers ; ce sont
les glaces, les incendies, les tempêtes
et les inondations : ce sont enfin tous
les élémens, conjurés en apparence
contre son existence, qui ont été les
premiers maîtres du genre humain. A
mesure que les obstacles se multi-
plioient, il falloit bien inventer de
nouveaux moyens de les surmonter.
Si le climat eût été par-tout le même,

la terre par-tout également fertile , et
que rien n'eût troublé les hommes
dans la paisible jouissance de ses productions naturelles , ils seroient restés
à jamais ignorans , imbécilles et bornés. Aussi n'est-ce pas dans les pays où
règne un printemps éternel , et où le
sol , fécondé par les influences conti-
nuelles du soleil , ne se lasse point de
produire , qu'on trouve l'homme actif , l'homme formant sa raison , et
perfectionnant les arts et les sciences.
C'est , au contraire , dans ces régions
moins favorisées , où la nature plus
avare n'accorde ses dons qu'à un travail assidu. Si l'Europe est plus civi-
lisée , plus industrieuse , plus com-
merçante que le reste du globe , c'est
en partie parce qu'elle n'étoit d'abord
qu'une vaste forêt qu'il a fallu défricher ; c'est parce qu'elle n'offroit que
peu de ressources à ses habitans. Ici ,
la disette a été la mère de l'abondance,

Les besoins de l'homme sont donc le premier mobile de son intelligence, parce qu'il ne commence à penser que lorsque la nécessité l'y force. C'est de sa nudité, de son dénuement, de sa misère, en un mot, et de tout ce qu'il apporte de moins, en naissant, que les autres animaux, que sont sorties toutes les inventions qui lui assurent l'empire de la nature. Qu'on se plaigne maintenant de ce qu'elle nous a donné des besoins, et par-là même des desirs et des passions!

Les passions sont les leviers du monde moral. Sans leur aiguillon, l'ame humaine, rebutée au moindre obstacle, croupiroit dans une éternelle indifférence. Ce sont les passions qui forment les grands hommes, et qui ont produit tant de faits immortels, que l'histoire offre encore à notre admiration. Ce sont elles qui soutiennent l'artisan dans ses travaux, le sa-

vant dans ses recherches, le voyageur
dans les périls, et le héros au milieu
des hasards. Dans Aristide, c'est celle
de la justice ; dans Socrate, celle de
la vertu ; dans Alexandre, celle de la
gloire ; dans Caton, c'est l'amour de
la patrie ; dans Fénélon, celui de l'humanité ; dans Linnée, celui de la nature. Toutes les passions sont bonnes
dans leur principe, parce que l'action
vaut mieux que le repos, et que la
vie est préférable à la mort ; mais elles
sont souvent mauvaises dans leur
objet, et alors elles font le malheur
du monde, qu'elles pourroient rendre
heureux. Comme c'est peine inutile
et pure folie que de vouloir étouffer
ce que la sage nature a mis en nous ;
au lieu de chercher à anéantir les passions, tâchons plutôt de leur donner
une autre pente, et de les diriger vers
des objets convenables et dignes d'éloge. Alors nous n'aurons point à nous

en plaindre, parce qu'elles se trouveront d'accord avec la raison, qui exé-
cutera, par leur secours, ce qu'elle
n'eût jamais pu faire sans elles.

DE LA PREMIÈRE CAUSE.

J'AI reconnu en moi des sens, des facultés et des organes, qui me donnent le sentiment invincible de mon existence. J'ai reconnu hors de moi une foule d'êtres infiniment variés, avec lesquels je suis lié par des rapports d'où dépendent mon bien-être, ma conservation et ma vie. Cependant, je sens que je n'ai pas toujours existé. Je me souviens d'un temps où je commençois à vivre, où tous les objets de l'univers étoient nouveaux pour moi ; et j'en prévois un autre où je cesserai d'être. Dire qu'il n'y a point de raison suffisante à mon existence, ce seroit renverser un des principes fondamentaux de l'entendement humain ; il y a donc une première cause qui m'a tiré du néant. Cette cause, ce n'est point moi, puisque lorsque je n'étois rien, je ne pouvois rien. Cette cause, ce ne sont point mes parens ; ils sont bien la cause occasionnelle de ma naissance, mais ils n'en sont pas la cause première, puisqu'ils n'ont point établi les lois en vertu desquelles j'ai reçu le jour. D'un autre côté, je ne peux pas prétendre que la race humaine est nécessaire et éternelle, premièrement, parce que le même raisonnement que je fais aujourd'hui, tout homme, à quelque époque qu'il ait pu vivre, l'a fait, ou l'a dû faire ; secondement, parce que la moindre réflexion sur mon être suffit pour me convaincre de sa dépendance, de sa foiblesse et de sa caducité ; troisièmement, parce que toute série de causes et d'effets subordonnés équivalant à un effet unique, ne point lui assi-

gner de premier terme ou de commen-
cement, ce seroit admettre un effet
éternel, ce qui est absurde ; quatrième-
ment, enfin, parce que la manière
dont l'espèce humaine se multiplie,
me forçant de considérer les différentes générations qui ont successivement habité la terre, comme autant
de rameaux qui aboutissent tous à un
tronc commun, j'arrive enfin, en re-
montant toujours, à un premier père,
qui, n'ayant point été formé à l'instar
des autres hommes, a dû nécessairement recevoir son existence et son
organisation d'un être supérieur, que
j'appelle la *cause première du genre
humain.*

Cette cause est nécessairement douée
d'intelligence ; car, sans cela, comment auroit-elle pu communiquer à
son ouvrage une perfection dont elle
eût été privée ? La machine humaine
est un chef d'œuvre si admirable, que

ce seroit renoncer au bon sens, et à tout principe de logique, que de l'attribuer au hasard, c'est-à-dire, à une cause aveugle. Quand, au milieu d'une confusion générale de la nature, il ne se trouveroit qu'un seul être organisé, l'existence de ce seul être devroit suffire pour me convaincre de celle d'une cause intelligente qui l'auroit produit; tout comme un chapiteau de colonne, ou une statue déterrée au milieu d'un désert, est une preuve suffisante qu'il a été autrefois fréquenté par des hommes.

En me comparant aux différens êtres qui m'environnent, je trouve entre eux et moi, des rapports non moins frappans et non moins admirables que ma propre organisation. Je suis assujetti à des besoins; mais j'ai reçu, dans mes facultés physiques et intellectuelles, tous les moyens d'y pourvoir; et je trouve, dans les corps

extérieurs, tous les objets propres à
les satisfaire. L'organisation de mon
œil se rapporte à la lumière ; celle de
mes poumons, à l'air que je respire ;
celle de ma main , au corps que je devois saisir ; celle de mon pied , au sol
sur lequel je devois marcher. Quand
je suis pressé du sentiment de la faim ,
je trouve hors de moi des alimens
pour me nourrir, et en moi, une bouche pour les prendre, des dents pour
les mâcher, une langue pour les sa-
vourer, un estomac pour les digérer,
des vaisseaux pour en répandre les
sucs nutritifs dans les différentes parties du corps, et enfin des organes
destinés à en évacuer tout ce qui
n'étoit pas propre à la nutrition. De
quelque côté que je porte mes regards,
j'apperçois une chaîne immense, qui
lie entre elles, et avec moi, toutes les
parties de la nature : par-tout unité de
but, unité de dessein, unité d'inten-

tion. De-là je conclus naturellement
que l'auteur de mon être est aussi
l'auteur des autres êtres, l'auteur de
l'univers.

Si, à la vue d'une foule de matériaux dispersés confusément, ou en-
tassés pêle-mêle, sans aucun plan,
ni but, ni régularité, quelqu'un s'avisoit d'admirer l'intelligence qui auroit
arrangé tout cela dans un ordre si
merveilleux, ne passeroit-il pas pour
fort ridicule? Eh bien! celui qui,
après avoir jeté un regard un peu at-
tentif sur les choses de ce monde, ose
crier au désordre, est cent fois plus
ridicule encore, pour ne pas dire tout-
à-fait insensé; car il nie ce qui est
évident, tandis que l'autre ne fait que
supposer gratuitement ce qui n'est
pas. Où est donc le désordre, et que
signifient ces mots de chance et de
hazard? Il n'y a pas, dans tout l'univers, un seul insecte, un seul brin

d'herbe, un seul atôme, qui ne porte l'empreinte d'une intelligence qui a présidé à sa formation. *Les causes finales nous crèvent les yeux,* disoit J. J. Rousseau.

Où il n'y a point de but, là il ne faut point non plus chercher d'intelligence. Le désordre pouvant exister de mille et mille manières différentes, et n'ayant par lui-même nulle forme déterminée, ne suppose aucune cause morale, dont les propriétés soient assignables, et puissent s'en déduire : mais tout ordre annonce un ordonnateur ; tout but harmonique constant suppose une volonté intelligente, qui a choisi, parmi ce nombre infini de formes et de combinaisons dont la matière est susceptible, celle qui étoit la plus propre à faire coïncider exactement les moyens avec la fin. Il est bien évident que le feu n'a pas la volonté de brûler, ni la plante et l'animal, celle d'être organisés d'une certaine manière, pour produire tel fruit ou tel mouvement : s'ils n'ont pas cette volonté, la lune, le soleil, les astres, et tous les corps de la nature n'ont pas davantage celle de se mouvoir et d'exister sous telle figure, telle grandeur, telle relation; ils sont donc régis par une volonté intelligente qui constitue l'ame de l'univers, c'est-à-dire les lois éternelles et immuables qui le gouvernent. Cette volonté souverainement intelligente, c'est Dieu.

Quand même, après avoir démontré la nécessité du mouvement, on supposeroit, contre toute évidence, que l'ordre actuel du monde est le résultat de la combinaison fortuite des atômes, on n'en seroit pas plus avancé; car enfin, outre le hazard, on seroit encore forcé de recourir à une cause qui l'auroit fixé sur la combinaison actuelle, et qui l'empêche-roit d'en produire de nouvelles. S'il est vrai que les plantes, les animaux et les hommes soient son ouvrage, pourquoi son pouvoir générateur a-t-il cessé? Pourquoi ne se déploie-t-il plus dans de nouvelles productions? Il n'y a pas de milieu : ou l'harmonie du monde n'a aucune cause, ce qui répugne à la raison, ou cette cause est souverainement intelligente. Dire que le hasard a pu la produire, c'est dire que l'optique de Newton est l'ou-vrage d'un aveugle-né, et la méca-nique céleste de Laplace, celui d'un imbécille.

Les philosophes parlent beaucoup de nécessité, et de propriétés néces-saires à la matière. Pour moi, qui ignore absolument ce que c'est que la matière, je ne reconnois qu'un seul être nécessaire, et dont la non-exis-tence implique contradiction : cet

II.   3

être, c'est Dieu. Il est à la fois le principe et la mesure de tout ce qui a été,
de tout ce qui est, et de tout ce qui
sera; et telle est, en contemplant ses
merveilles, l'idée que je me fais de sa
bonté, de sa grandeur, et de ses perfections, que la seule chose qui me
paroisse impossible, c'est de leur assigner des bornes.

Mais quelle est la nature de Dieu?
A cette question, ma foible raison
s'éclipse, et tombe dans l'anéantissement. Aussi peu propre à sonder les
profondeurs de l'essence divine, que
mon œil à fixer le soleil, elle ne peut
en supporter la vue; elle ne peut contempler l'être immense que dans ses
ouvrages, dont chacun réfléchit un
rayon de sa bonté et de son intelligence (1).

_____

(1) J'avoue bien franchement que cet article,
ainsi que tous ceux qui le précèdent, n'est nul-

lement à la hauteur des grands principes de la
nouvelle métaphysique transcendante. Aussi,
n'est-ce point pour les métaphysiciens que j'é-
cris ; ils n'auront que faire de me lire ; et j'aime
mieux passer, auprès d'eux, pour très-superfi-
ciel, que de me rendre profondément inintel-
ligible à la majorité des lecteurs : le premier
mérite d'un livre étant, je pense, de pouvoir
être compris de ceux à qui on le destine.

DE LA NATURE.

« Le temps , l'espace et la matière
» sont ses moyens ; l'univers,
» son objet ; le mouvement et
» la vie , son but ».

BUFFON.

J'OSERAI jeter un coup-d'œil sur la nature.

Un coup-d'œil sur la nature ! quel mot téméraire ! Qui la connoîtra sans l'avoir approfondie ? Approfondir la nature ! Quelle tâche immense et effrayante ! Les travaux réunis de tous les hommes qui l'ont observée jusqu'à ce jour, n'y ont pas suffi ; la seule nomenclature de ses ouvrages connus fait des volumes ; la vie la plus longue est encore trop courte pour connoître à fond l'histoire complète de la moindre plante, et du plus chétif insecte.

La nature! la nature! qu'elle est grande et admirable dans ses phénomènes, variée et inépuisable dans ses productions, mystérieuse et inconcevable dans ses opérations! Quel immense théâtre de naissances, d'accroissemens, de développemens, de métamorphoses, de dépérissemens, de destructions et de reproductions éternellement successives, et éternellement simultanées! Tout y périt, mais nulle forme n'y disparoît; parce que tout se renouvelle, et que la dissolution des êtres actuels n'est que le berceau des êtres futurs. La mort n'atteint que les individus; elle n'a point de pouvoir sur les espèces (1); dont l'exis-

_____

(1) Le nombre assez considérable d'animaux fossiles, dont les analogues vivans n'existent plus, semble démentir formellement cette asser-

tence et la durée sont le but de la nature ; tandis que le mouvement et la
circulation perpétuelle de ses parties
en sont le moyen. Ainsi, l'anéantissement n'y a point lieu, et la quantité de
matière y est toujours la même.

Les parties de cette matière paroissent avoir une tendance universelle,
non-seulement à se porter les unes
vers les autres, mais encore à s'élever,
par une infinité de nuances et de

---

tion ; car, pour ne parler que des espèces jusqu'à présent connues de la classe des quadrupèdes vivipares, on trouve dans ce nombre
l'Ours fossile d'Allemagne, le Rhinocéros fossile de Sibérie, l'Éléphant Mammouth, aussi
de Sibérie, le Grand Mastodonte ou animal de
l'Ohio, le Mégaterium ou animal du Paraguay,
le Tapir et l'Hippopotame fossiles, ainsi que les
différentes espèces récemment découvertes par
mon compatriote le savant Cuvier, de Montbé-
liard, dans les carrières à plâtre de Montmartre :
telles sont plusieurs espèces de nouveaux genres,

formes successives, depuis le plus bas degré de l'existence, jusqu'au plus élevé. Les substances simples, ou encore regardées comme telles, tendent à se combiner pour former les corps mixtes du règne minéral; ceux – ci tendent à l'organisation, qui paroît déjà se manifester, du moins extérieurement, dans les formes régulières des sels et des cristaux; les végétaux à leur tour tendent au sentiment et

---

Palacotherium et Anoplotherium. Ce dernier est même un anneau retrouvé de la chaine des mammifères, car il lie fort bien l'ordre des pachydermes à celui des ruminans. — Cette proposition.: *Les espèces sont permanentes*, est donc fausse, par comparaison à la durée du globe terrestre; mais elle est vraie, si l'on compare la durée des espèces à celle des individus; et ce n'est que dans ce sens que je l'admets, d'après Buffon, quoique, sous le premier point de vue, elle soit encore moins vraie que du temps de ce grand naturaliste.

au mouvement volontaire , comme
dans les polypes ; enfin , dans certaines
espèces d'animaux , le sentiment et
l'instinct semblent confiner à la pensée , qui est la perfection de l'existence
terrestre , comme elle paroît être la
dernière fin du créateur , à laquelle
tous les plans de la nature paroissent
concourir et être surbordonnés.

Et en effet, à commencer par les
minéraux , qui ne sont que des masses
inorganisées, il est bien évident qu'ils
n'existent pas pour eux-mêmes ; car
à quoi leur serviroit une existence
qu'ils ne sentent point ? Ils n'existent
pas non plus pour les animaux, qui
n'en peuvent tirer aucune utilité.

Par la même raison les végétaux,
étant privés de sentiment, n'ont également qu'une existence relative et
surbordonnée au nombre et à la nature des différens animaux qui doivent s'en nourrir. De-là le nombre

prodigieux des espèces , qui est incom-
parablement plus grand que celui des
substances minérales. Chaque végétal
est une machine artificielle destinée à
perfectionner les produits bruts de la
nature , et à les approprier aux besoins des êtres animés qui en tirent
leur subsistance.

C'est donc en général pour ceux-ci
qu'existe la nature inanimée , parce
qu'ils sont seuls doués de mouvement
propre et de sentiment, et par conséquent capables de jouissance. Cependant ils ne sont point faits uniquement pour eux - mêmes ; car nous
voyons que les petits animaux deviennent la proie des grands : les habitans
des eaux vivent pour la plupart aux
dépens les uns des autres ; les vers et
les insectes servent de pâture aux oiseaux , qui, à leur tour , sont dévorés
par les espèces supérieures ; enfin ,
tous sont soumis au pouvoir de

l'homme, qui les dompte, les détruit ou les asservit.

Ainsi, à partir du règne inorganique, les coupes méthodiques que nous faisons des êtres naturels, pour pouvoir en saisir plus facilement les rapports, ne sont qu'autant de termes principaux d'une progression croissante, qui en renferme une infinité d'autres intermédiaires, qui constituent tous les degrés de l'existence et toutes les modifications dont la matière est actuellement susceptible sur le globe de la terre. Dans les élémens, cette matière est composée de parties similaires ; dans les minéraux , de parties hétérogènes, mais brutes; dans les végétaux, elle commence à s'organiser; dans les animaux, elle devient capable de mouvement volontaire et de sentiment ; enfin , dans l'homme, elle admet la pensée.

Pour connoître cette nature, il ne

suffit pas de l'observer dans l'enceinte
de nos champs et de nos habitations,
où, pour subvenir à ses besoins,
l'homme, armé du fer ou de la flamme, a tout altéré, déplacé, ou détruit.
Ce n'est point là qu'elle déploie ses
beautés agrestes ; ce n'est point là
qu'elle déroule ses antiques archives.
C'est, au contraire, au fond des déserts les plus sauvages et des solitudes
les plus écartées ; c'est au sommet des
monts sourcilleux, au pied des éternels glaciers, au bord des cratères fu-
mans, des vastes précipices, des torrens rapides, des cataractes retentis-
santes, et des hauts promontoires ;
c'est au sein des rocs menaçans, des
ravins profonds, des obscures caver-
nes et des laboratoires souterrains,
que le tems a gravé à grands traits, et
d'une main ferme et hardie, les sublimes fragmens de l'histoire de la
puissance créatrice.

Lorsque, parvenus dans ces sanc-
tuaires augustes, où elle dérobe aux
regards profanes et ses secrets, et sa
majesté, vous interrogerez ces grandes ruines et ces monumens surannés,
le premier oracle qu'ils vous rendront
sera celui-ci : ce globe est aujourd'hui
bien différent de ce qu'il fut ; il a subi
un grand nombre de révolutions, avant
de pouvoir être habité par les êtres
sensibles.

Si rien ne ressemble à ce qui a été,
si tout a changé dans le cours des âges
précédens, tout peut, tout doit changer encore. Pour nous, dont la vie est
si courte ; pour le genre-humain, qui
est encore si jeune en comparaison
du globe qu'il habite, et qui ne connoît pas même ses propres annales,
les grands changemens de la nature
sont sans doute peu sensibles, parce
qu'ils ne s'exécutent qu'à l'aide du
temps, qui est tout pour nous, et qui

n'est rien pour elle. Mais il n'en seroit pas de même pour un être qui pourroit la suivre dans son travail continu, et l'observer dans toutes les périodes de sa durée. En la voyant prendre peu à peu une face nouvelle, et arriver, par des gradations successives, jusqu'aux formes les plus opposées, il se convaincroit que les siècles sont ses instans, comme l'immensité de l'espace est son théâtre.

Tous ces innombrables vestiges de vicissitudes ; tant de montagnes affaissées, de plaines exhaussées, de ravins creusés, d'abîmes entr'ouverts, et de volcans éteints ; tant de lacs desséchés, de fleuves taris, d'isthmes corrodés, de golfes excavés, de vastes terreins jonchés de laves, submergés ou laissés à sec ; tant de dépôts, de sédimens, d'alluvions, de fossiles, de grands squelettes d'animaux exhumés ou encore enfouis : tous ces faits réunis doivent

nous prouver que les agens de la nature n'ont jamais été, ne seront jamais en repos, et que ce qui est n'est
pas plus la mesure de ce qui sera que
de ce qui fut.

Seroit-elle aveugle, cette force irrésistible et sans cesse agissante, qui modifie ainsi tous les êtres créés ? Et cette
terre, dont le sol ne paroît formé que
d'un vaste amas de débris, toucheroit-
elle à sa décrépitude ? Gardons-nous
de le penser. Les idées de ruine et de
destruction ne sont applicables qu'aux
monumens des hommes ; elles ne sont
relatives qu'à notre manière de voir :
mais il n'y en a point pour la nature,
où tout a sa règle prescrite, où tout
sert, où tout est employé. L'empire
de la vie confine à celui de la mort,
qui lui sert de base : si les entrailles
de la terre recèlent sous nos pas de
nombreuses traces de vétusté, sa surface déploie à nos yeux le tableau plus

riant d'une jeunesse toujours renou-
velée. Ces révolutions générales qui
ont changé notre globe, ces cataclys-
mes qui ont submergé d'immenses
portions de sa surface, ces grands
bouleversemens qui ont agité sa masse,
et qu'on se plaît à nous représenter
comme des catastrophes soudaines,
ne sont point le produit instantané du
désordre et de la lutte des élémens.
Ils sont l'ouvrage lent et gradué du
temps, qui a travaillé la matière pendant une longue suite de siècles; ils
sont l'effet prévu d'une puissance or-
ganisatrice, qui n'agit point brusque-
ment, ni par des moyens violens, et
qui a assujetti à des lois invariables
les développemens successifs des mondes, comme ceux de leurs moindres
parties.

A l'aspect de ces scènes majestueuses
et de ces antiques monumens de la
nature, la pensée devient rêveuse;

elle s'enfonce dans l'abîme des âges,
et, franchissant des siècles sans nombre, elle s'arrête avec étonnement à
cette époque voisine de l'origine des
choses, où le soleil n'éclairant encore
qu'un sphéroïde aqueux, les parties
solides du globe terrestre étoient en-
vironnées d'une immense couche
d'eau salée, qui s'étendoit depuis les
vallées les plus profondes, jusqu'à
une hauteur prodigieuse, et qu'il n'est
pas possible d'assigner. Les énormes
bancs de coquillages et de productions
marines qui recouvrent les sommités
des plus hautes montagnes, comme
le fond des plaines les plus abaissées,
sont restés là comme autant de témoins
irrécusables, qui déposent encore hau-
tement en faveur de ce grand fait géo
logique. Ils attestent que ce fut dans
le sein de l'Océan que commença
l'empire de la vie, et que les polypes
coralligènes, et les mollusques con-

chylifères, furent ses premiers habitans. Le règne des animaux terrestres
ne parut sans doute que bien des milliers de siècles après, à l'époque où,
par la diminution graduelle des eaux
de la mer, les cîmes des montagnes
granitiques, et les plateaux les plus
élevés des continens ayant été mis à
découvert, et exposés aux puissantes
influences de l'air et de la lumière, la
vase qui les recouvroit commença
pour la première fois à se revêtir de
verdure, à se parer de fleurs, et pro-
duisit une quantité suffisante de végétaux alimentaires.

Toutes ces différentes espèces d'êtres
animés, qui vivifioient le globe encore humide et à peine dépouillé de
ses flots : toutes ces diverses tribus de
coquillages, de poissons et de cétacés,
qui peuploient son Océan; d'insectes,
d'oiseaux et de cheiroptères, qui tra-
versoient son atmosphère; de mam-

mifères et de reptiles qui se traînoient ou bondissoient à sa surface , jouissoient, sous mille formes variées , du sentiment de l'existence et des dons de la libérale nature ; mais il manquoit encore un être qui joignît au sentiment la lumière de la pensée, et qui fût capable d'observer, de sentir , d'admirer les merveilles de l'univers , d'en découvrir les lois , et de remonter jusqu'à son auteur.

L'HOMME PARUT. Il fut le complément et le chef-d'œuvre de la création terrestre; il fut, dans l'ordre des temps , comme dans celui des êtres organisés , le dernier anneau de cette chaîne immense de créatures qui devaient peupler , remplir et animer toutes les parties de la nature. Si elle n'a rien fait de plus parfait que lui , c'est sans doute parce que l'état des choses ne le comportoit pas. L'indi-

vidu a beau se dégrader par mille vices
et mille petitesses, l'espèce n'en est
pas moins grande, et n'en portera pas
moins éternellement l'empreinte de sa
noble origine.

Ainsi la terre est non-seulement l'ha-
bitation de l'homme ; mais elle est encore sa propriété et son domaine naturel. Il a été fait pour elle, et elle paroît avoir été formée pour lui. Quel
autre être peut dire comme lui : Toute
la terre est à moi ? Les uns sont bornés à un certain élément, à une certaine température, à un certain genre
de production, à un instinct déterminé qui ne varie point. L'homme
seul possède, dans sa raison, un instinct universel à l'aide duquel il s'as-
sujétit tous les élémens, et écarte ou
subjugue tous les animaux ; il vit sous
toutes les latitudes, voyage dans tous
les climats ; en recueille toutes les
productions, en admire toutes les

beautés, met à contribution tous les
règnes de la nature, et semble se pro
clamer, par ses travaux et par ses
œuvres, le monarque de la terre.

C'est un spectacle bien intéressant
que celui des influences réciproques
de la terre sur l'homme, et de l'homme
sur la terre. Considérons-le un moment.

L'homme pénètre dans les entrailles
du globe, ou plutôt il perce une petite épaisseur de l'écorce qui l'environne, pour en rapporter toutes ces
substances qui croissent et s'élaborent
lentement dans son sein, par des lois
qui nous sont encore inconnues. Du
fond des obscures carrières, on voit
paroître à la lumière du jour, les différentes espèces de terres, de pierres,
de sels, de soufres, de bitumes et de
métaux. L'intérieur de la terre est un
immense arsenal, d'où il tire les matériaux dont son intelligence fabri-

quera les instrumens, qui lui assure-
ront l'empire de la nature. Il pétrit
la terre, combine, dissout les sels,
enflamme les bitumes; il taille, cal-
cine ou vitrifie les pierres ; il raffine,
polit, fond et volatilise les métaux, et
leur donne toutes les formes, qui con-
viennent à ses besoins ou à sa vanité.
Tous ces minéraux, confusément en-
tassés, vont prendre, sous sa main,
de nouvelles figures. Ces terres, ces
oxides métalliques, enrichiront la palette du peintre, et donneront des
couleurs à la teinture ; ce soufre,
combiné avec ce salpêtre, mettra la
foudre entre les mains de l'homme.
Ces pierres et ces rochers informes de
granit s'élèveront en pyramides, en
obélisques, en tours et en remparts ;
ici ces marbres, ces jaspes et ces por-
phyres veinés, s'arrondiront en co-
lonnes sveltes et élégantes, qui sup-
porteront des palais et des temples

magnifiques ; là ils paroîtront s'animer sous le ciseau du statuaire. Ces cailloux , qu'on n'estime que parce qu'ils sont rares , brilleront par l'éclat de leurs reflets , tandis que ce sable grossier , mais bien plus utile , va fournir au naturaliste de nouveaux yeux , à l'aide desquels il découvrira , dans les deux infinis , des mondes encore inconnus. Cet or , si recherché , va devenir à-la-fois le moyen d'échange des différens peuples , et la source de leur misère et de leur opulence , tandis que ce métal ignoble , qu'on foule aux piés , fournira des armes au guerrier , des instrumens à l'artiste , des socs à l'agriculteur , et un guide au navigateur. Voyez ce métal fluide que le froid de nos climats n'a jamais fixé ; eh bien ! suspendu dans un mince tube de verre , il servira à-la-fois à mesurer la chaleur , la hauteur et le poids de l'atmosphère , et à en

prédire les variations. Celui-ci fournira des caractères à l'imprimerie ,
qui répandra les lumières d'un pôle à
l'autre , deviendra , avec le temps ,
l'instrument de communication des
nations ; et tracera à la postérité les
faits et les pensées de la génération
présente.

Les végétaux ont encore un rapport
plus immédiat avec nos besoins , et
nous offrent une bien plus grande
sphère de jouissances. A la vérité le
règne végétal n'est pas , comme le
règne minéral, la propriété exclusive
de l'homme : c'est un immense ban-
quet préparé par la nature à tous
les animaux , et où chaque espèce
trouve et choisit les mets qui lui con-
viennent ; mais nulle n'en jouit en
aussi grande mesure que l'homme ,
et il n'y a peut-être pas , sur toute la
surface du globe , une seule plante
dont quelque partie ne puisse servir

à son usage. Ici, c'est l'écorce, la racine, le tronc, la tige ou le chaume : là, c'est le suc, la sève, la feuille, la fleur ou la semence. Les uns offrent des couleurs à sa vue, des parfums à son odorat ; des fruits et des boissons à son goût ; d'autres nourrissent son feu, et alimentent ses chantiers et ses ateliers. L'écorce du chanvre, du lin, et la laine du cotonnier, sont filées en habits ; le noyer et l'acajou s'applanissent sous le rabot ; le buis et l'ébénier s'arrondissent sous le tour. Le cèdre, le chêne et le sapin, qui bravoient la tempête au sommet des monts, vont affronter de nouveaux orages sur les vagues de l'Océan, et portent dans tous les climats les productions variées de la terre, fertilisées par l'utile agriculture. Cet art nourricier du genre humain, non-seulement donne de nouvelles formes aux végétaux, et en multiplie les productions à l'infini , mais il change encore la face de la terre. Il étend son utile empire sur tous les sites , et revendique tous les terrains. Du sein des sables et des marais , il fait naître la vie et la fécondité. A sa voix les eaux stagnantes s'écoulent , et étalent aux rayons du soleil le fond de leurs humides bassins ; le docile ruisseau descend en filets d'argent du sommet des collines , et change les plaines arides en riantes prairies ; la flamme consume les plantes sauvages et parasites , et l'on voit sortir de leurs cendres les moissons dorées ; les forêts sombres et silencieuses gémissent sous les coups redoublées de la cognée, et ces antiques vergers de la nature se couvrent d'arbres fruitiers. Ainsi le soc s'enfonce dans les terres désertes et abandonnées jadis à la stérilité ; ainsi le raisin pourpré , la prune saupoudrée, la pêche veloutée , la poire dorée et

la cerise désaltérante mûrissent aux
mêmes lieux , où croissoient auparavant le gland , la faîne et les cônes du
pin. Les végétaux mêmes voyagent et
s'expatrient par les ordres de l'homme.
Le melon de Malte et l'ananas du
Brésil mûrissent près du cercle po-
laire ; les semences de l'Orient se développent sous le ciel pluvieux des
rives occidentales. Le lilas et la tu-
lipe de la Perse ; la capucine et l'hé-
liotrope du Pérou embellissent les
parterres européens, et les arbres du
nouveau monde projettent leurs riches ombrages sur les vertes pelouses
de l'ancien hémisphère.... Mais, il
faudroit avoir la palette et les pin-
ceaux de la nature même, pour pouvoir décrire toutes les beautés et les
richesses du règne végétal. Flore et
Pomone s'y donnent éternellement la
main, et ne cessent de verser avec
profusion , de leur corne intarissable,

les fleurs et les fruits sur tous les êtres animés.

Ici un nouveau monde s'offre à nos regards et à notre contemplation. Cette richesse et cette variété, que nous admirons dans le règne végétal, n'est encore rien en comparaison de celle qui a lieu dans le règne animal. Celle-ci est en effet prodigieuse, et étonne l'imagination, tant par le nombre des espèces, que nous ne connoîtrons probablement jamais, que par la multitude incroyable des individus. Tout vit, tout respire dans l'air, sur la terre, sous la terre, et dans les eaux. Un souffle de vie anime toutes les parties de l'univers : les plus petites portions de l'espace sont habitées. Les sables et les pierres mêmes, la racine, le bois, l'écorce, la feuille, et toutes les parties des plantes sont le séjour d'une foule innombrable d'êtres vivans et organisés ; il en est de même des animaux, qui logent et nourrissent dans leur corps d'autres animaux plus petits, et ceux-ci, de plus petits encore. Ainsi, chaque plante, chaque animal est un petit monde habité, dans chacune de ses parties, par autant d'êtres différens. Qui sait où cette dégradation de grandeur peut s'arrêter? Certainement, les limites de nos microscopes ne sont point celles de la nature, dont le but est évidemment l'existence du plus grand nombre de créatures animées qu'elle pouvoit contenir. « Dieu n'est » pas le Dieu des morts, mais celui » des vivans ». Tout ce qui pouvoit vivre, il l'a appelé à l'existence. Tout ce qui étoit capable d'admettre des habitans, en a reçu. Et, comme le règne végétal ne pouvoit suffire à leur entretien, et que l'organisation de certaines espèces exigeoit un autre genre de nourriture, la nature a destiné certaines espèces d'animaux à servir de pâture à d'autres. Si l'hirondelle gobe la mouche ; si l'aigle dévore la timide colombe ; si la baleine englou- tit les petits poissons, ce n'est pas un bien grand mal pour ceux-ci, dont la mort n'est qu'un moment, et il y a en général une plus grande variété d'existence, et une plus grande som- me de jouissance dans l'univers, que si ces derniers eussent vécu leur âge, et que l'hirondelle, l'aigle et la baleine n'eussent pas existé. La quantité de jouissance, assignée par la nature à chaque être animé, paroît être pro- portionnée à la perfection de son or- ganisation, d'où résulte un plus haut degré de sensibilité, et partant une plus grande capacité de plaisir ou de douleur. Les vers, les insectes, les poissons, dont l'organisation est plus simple, jouissent moins à vivre, et souffrent moins à mourir que les oi-

seaux et les quadrupèdes. Cependant,
le cercle de jouissance de ceux-ci est
encore resserré dans des bornes très-
étroites. Leur instinct est borné à un
petit nombre d'objets déterminés. Ils
n'existent guère que par le goût et par
le toucher. Les autres sens ne sont
pour eux que des instrumens de conservation ; ce ne sont pas, comme dans
l'homme, des instrumens de jouissance : car quel plaisir un chien, par
exemple, trouve-t-il au son d'une
flûte, ou à la couleur et au parfum
d'une belle rose ? L'homme est donc,
dans la nature, l'être jouissant par
excellence ; ses plaisirs sont univer-
sels, et aussi étendus que l'univers ; il
jouit seul de l'ensemble et de chacune
de ses parties, et, tous les plaisirs qui
résultent de la raison, de l'imagination et du sentiment moral, n'appar-
tiennent qu'à lui. Otez l'homme ; tout
ce qui s'appelle ordre, convenance,

harmonie et beauté existe en pure perte sur le globe de la terre. Plus on y réfléchit, plus on se convainc que c'est à lui qu'aboutissent en dernier ressort tous les plans de la nature. Et plus aussi l'on se sent porté à aimer, et à admirer son impénétrable auteur.

Le règne minéral est assez borné, pour le nombre des espèces; le règne végétal est déjà d'une richesse étonnante, qui cependant admet des limites; mais le règne animal est infini, et il n'y a pas d'apparence que nous parvenions jamais à le connoître. Innombrables coquillages, qui pavez le bassin des mers; crustacés, poissons, zoophytes, qui en peuplez toute la vaste étendue; animalcules invisibles, qui occupez les derniers recoins de la matière, quand connoîtrons-nous votre histoire? Rien ne seroit cependant si intéressant; car, quelle variété de grandeurs, de for-

mes, de couleurs, d'organisations, de
mouvemens, de mœurs, d'instincts,
et d'instrumens les animaux ne pré-
sentent-ils pas? Que de nuances du
ciron à l'éléphant, du colibri au con-
dor, de la sardine à l'énorme baleine!
Les uns, pourvus de nageoires pour-
prées, traversent en tous sens le liquide élément, ou voguent légèrement sur sa surface, tandis que d'autres fendent rapidement les plaines de
l'air, au moyen de leurs aîles brillantes.
Les uns, adroits mineurs, s'ouvrent
des chemins sous la terre, et y établis-
sent leur domicile, tandis que d'autres
bondissent légèrement, ou se traînent
lentement sur sa surface. Ceux-ci se
plaisent dans les ténèbres et la solitude; ceux-là cherchent la lumière et
vivent en société; ceux-ci sont séden-
taires; ceux-là aiment à voyager. Chaque insecte a ses outils particuliers, à
l'aide desquels il pince, pompe, scie,

râpe, perce et découpe les corps les plus durs, en faisant sonner ses instrumens de musique. Le castor maçonne, l'abeille bâtit des villes, le ver file, l'araignée tapisse, le fourmi-lion tend des piéges. Il n'y a point d'être animé qui n'ait son talent particulier, qu'il exerce, depuis l'origine du monde, exactement comme le lui a appris la nature, et qui le rend un utile citoyen de cette immense république des animaux, dont l'homme est le chef, et bien souvent le tyran. Les services qu'ils lui rendent ne sont pas moins grands, que ceux qu'il tire des minéraux et des végétaux. Les plus puissans et les plus adroits sont des ennemis rusés ou redoutables, contre lesquels il exerce ses forces, son courage ou sa sagacité, et qui lui fournissent de riches fourrures pour prix de la victoire ; les plus dociles et les plus intelligens sont des amis fidèles, qui le suivent à la chasse, dans les voyages, et qui veillent sur ses propriétés : d'autres deviennent les robustes compagnons de ses travaux. C'est pour lui que le bœuf laboure la terre, que l'âne porte, que le cheval traîne, que le chameau traverse les déserts : c'est pour lui que le renne, la vache et la chèvre remplissent leurs mamelles. Tous les animaux qu'il élève lui payent un riche tribut de lait, d'œufs, de miel, de soie ou de laine, en reconnoissance des soins qu'il prend d'eux. A son aspect, tous reconnoissent leur maître ou leur bienfaiteur. Nul ne résiste à son empire; nul ne s'y soustrait que par la fuite. C'est en vain que les uns ont reçu en partage la force ou la légèreté; c'est en vain qu'ils s'élèvent au haut des airs, ou qu'ils s'enfoncent dans les abîmes de l'Océan : l'homme enchaîne le tigre, dompte le lion, apprivoise l'éléphant, harponne la baleine , et fait tomber l'aigle du haut des nues.

Quel sublime et ravissant spectacle ne résulte pas de l'accord des trois règnes de la nature ! Tous les êtres , dont ils sont composés, s'y prêtent des beautés , des graces et des contrastes mutuels ; et l'harmonie de l'ensemble n'est complète, que lorsqu'ils se trouvent réunis. Figurez-vous , au milieu des vastes mers, et sous un ciel toujours nébuleux , une île sauvage et déserte , n'étalant sur ses grèves stériles que du sable, et de noirs cailloux blanchis par l'écume des flots ; plus loin un amphithéâtre de montagnes chauves, hérissées de rochers caverneux ; ici, couverts de neiges ; ailleurs, élevant vers le ciel leur aride nudité , et qui n'offrent pas le moindre vestige de vie, ni d'organisation ; quel spectacle affreux ! Dissipons maintenant la brume épaisse, qui couvre cette rive

désolée, et appelons-y la fécondité.
Entourons-la d'une ceinture de gazons
toujours verts, sur lesquels des arbres
fruitiers de toute espèce projettent
leur ombre rafraîchissante ; du haut
de ses rochers tapissés de mousse, et
festonnés de plantes grimpantes di-
versement nuancées, faisons couler des
eaux pures, qui tombent en brillantes
cascades, et suivent les sinuosités des
vallons, émaillés de mille fleurs odo-
riférantes ; couronnons enfin les flancs
et la cîme de ses montagnes de majestueux palmiers, doucement balancés
par les vents, et offrant à la vue la
variété de leurs teintes ; alors nous
aurons déjà un paysage délicieux, et
la Thule-Australe deviendra Otahiti.
Mais ce n'est encore qu'un désert ; il
demande des habitans. Peuplons donc
de crabes, de poissons et de coquillages les eaux qui l'arrosent, et la mer
qui l'environne ; faisons courir sous

sés herbes différentes tribus de scara-
bées rouges, verts, rayés, dorés, ar-
gentés; que des essaims de mouches,
de papillons et d'autres insectes innocens voltigent en bruissant autour
de ses différentes fleurs, et en pom-
pent les sucs nourriciers ; qu'une
foule d'oiseaux aquatiques rasent d'une
aîle rapide la surface azurée de la mer,
que des perroquets de toute couleur
remplissent de leur ramage ses bos-
quets enchantés, et se balancent à
l'extrémité de leurs verts rameaux ;
que la chèvre grimpante, suspendue
à la cîme des rochers, en broute les
arbrisseaux......... Votre tableau s'anime; il prend de la vie et du mouvement, mais il n'est point encore complet; car l'homme y manque, et sans
lui la nature est morte. Ajoutons
donc des hommes à notre paysage.
Qu'au milieu des bananiers, des coco-
tiers et des arbres à pain s'élèvent dif-

férentes habitations, dispersées çà et
là sur les riantes pelouses qu'ils om-
bragent; qu'ici on apperçoive un
groupe d'heureux insulaires, dansant
sur l'herbe au son d'une flûte; là,
d'autres occupés à cueillir, à man-
ger des fruits, à jeter leurs filets.
Alors seulement le tableau sera parfait. Voulez-vous en augmenter encore l'intérêt? Faites arriver sur ces
rivages un navire européen chargé de
malades, qui, après avoir circonscrit
les glaces du pôle austral, et n'avoir
vu pendant plusieurs mois que le ciel
et l'eau, soupirent après la terre : que
les rayons du soleil levant développent
successivement à leurs yeux attendris
toutes les beautés de cette île fortu-
née, ainsi que ses habitans hospita-
liers, lançant leurs pirogues à l'eau,
et apportant, avec le rameau, signe
de la paix, des fruits et des rafraîchis-
semens à ces étrangers; qu'un peintre

habile en dessine les différens sites ;
qu'un philosophe sensible, comme le
jeune Forster, admire en silence cette
scène enchanteresse ; vous aurez alors
un des plus magnifiques spectacles,
qui puissent s'offrir aux regards et au
cœur de l'homme.

. Oh ! qui pourra décrire les sublimes
beautés de cette immense et merveil-
leuse architecture du globe, où le
Créateur a imprimé, sous tant de
formes diverses, les traces éternelles
de sa sagesse et de sa toute-puissance !
Qui nous peindra, dans toute sa grandeur, ce majestueux Océan, séjour
des tempêtes et des naufrages, source
inépuisable de vie et de fécondité,
d'où sortent et où rentrent alternatì-
vement toutes les eaux qui fertilisent
les continens, qu'il entoure de ses
ondes salées, et contre lesquels il ne
cesse de briser ses vagues mugissantes ?
Qui nous peindra ces beaux lacs, qui

s'épandent au sein des terres en vastes
nappes azurées, semblables à de petites mers ; ces riantes îles, semblables
à de petits continens, qu'embrassent
leurs flots purs ; ces fleuves tortueux,
qui quelquefois promènent paisible-
ment leurs ondes argentées à travers
les campagnes fleuries, et d'autres
fois les lancent en bruyantes cataractes
du haut des rochers escarpés ; ces
montagnes colossales, Alpes, Atlas,
Cordillières, Altaï, qui, s'avançant dans
toutes les directions, depuis les cercles
polaires, jusqu'à l'équateur, et bravant
les feux de la Zône Torride, élèvent
au - dessus des nuages leurs croupes
chargées de neiges, lancent la foudre
de leurs sommets glacés, distribuent
à la terre toutes les sources et les rivières qui l'arrosent, couronnent leurs
flancs de sombres forêts, étendent
leurs ombres sur les plaines voisines,
et voient à leurs pieds, ici les brûlans

déserts de l'Ethiopie, là les délicieuses
contrées qu'inonde le Gange, ou les
immenses steppes de la Sibérie, où
coulent l'Oby et le Léna; plus loin, la
vaste mer du Sud, et ces immenses régions, que le Maragnon et l'Orénoque
enrichissent du tribut de leurs eaux ?
Qui nous représentera enfin, dans
toute leur beauté, tous ces grands
phénomènes de la nature, et toutes
ces productions si variées qu'elle a
répandues, avec tant de profusion,
depuis cette ardente zône, où elle étale
toutes ses richesses, jusqu'à ces énormes glaciers du globe, où l'hiver et
les ténèbres ont établi leur empire, où
le Groenlandois poursuit l'ours blanc,
à travers ses immenses campagnes de
neiges, et où l'Océan, toujours fécond,
loge encore une foule innombrable
d'êtres vivans, sous ses brillans palais
de crystal ?

Et toi, astre vivifiant qu'adoroit le

Péruvien ! astre enflammé , qui ne cesses de verser sur tant de globes opaques , qui roulent au-dessous de toi, des torrens inépuisables de chaleur et de lumière ; image sensible du Dieu , dont le bras tout-puissant t'a lancé dans l'espace , et t'a affermi sur le trône de l'univers (1) , Soleil ! j'ai voulu te dépeindre , mais mes foibles couleurs se sont anéanties , comme la nuit , devant l'éclat de tes rayons.

Si la nature est admirable dans la

---

(1) J'entends de *notre* univers, lequel n'est évidemment qu'une partie infiniment petite de l'univers total, ou de l'universalité des systêmes solaires qui le composent.

« Tout ce que nous voyons du monde, dit Pascal, » n'est qu'un trait imperceptible dans » l'ample sein de la nature. Nulle idée n'appro- » che de l'étendue de ses espaces. Nous avons » beau enfler nos conceptions , nous n'enfantons » que des atômes au prix de la réalité des » choses ».

variété infinie de ses ouvrages , elle ne
l'est pas moins dans la simplicité des
moyens, qu'elle emploie pour produire
les plus étonnans phénomènes , et l'on
peut dire que les hommes de génie ,
tels que les Newton et les Lavoisier ,
qui ont pénétré le plus avant dans la
connoissance de ses lois , sont précisément ceux qui nous en ont découvert
toute la simplicité et la généralité.
Presque tous les effets que nous observons sur la terre, et même dans les
cieux , peuvent se rapporter à deux
forces universelles , également inconnues dans leur principe , et qui agissent en sens contraire ; savoir, l'attraction , tant générale que particulière ,
et le principe de la chaleur , ou le calorique. Ces deux forces concourent
plus ou moins à la production de tous
les phénomènes , et c'est de leur action
constante que paroît dépendre l'harmonie du monde. Sans l'attraction

générale, ou la pesanteur, les planètes s'échapperoient de leurs orbites, et les corps, de la surface de la terre ; sans l'attraction particulière, ou la tendance réciproque qu'ont certaines substances à s'unir à d'autres, il n'y auroit point de corps, et toutes les parties de la matière flotteroient pêle-mêle, sans jamais se réunir en êtres homogènes et individuels. Enfin, sans le calorique, tous les liquides et les fluides élastiques, qui sont les mobiles de la vie et du mouvement, disparoîtroient sans retour, et l'on ne verroit que des corps solides. D'où viennent, par exemple, les vapeurs, les nuages, les brouillards, la rosée, la pluie, la neige, la grêle, et toutes les variations athmosphériques qu'indiquent le baromètre, le thermomètre et l'hygromètre? D'où viennent le cours et la formation des rivières, la fluidité de la mer, et sa fixation en glaces

au sommet des hautes montagnes , et
sur les pôles du monde? Uniquement
de l'attraction réciproque et de la pesanteur spécifique différente de l'air
et de l'eau , combinée avec la quantité
plus ou moins grande de calorique ,
dont ces deux fluides sont imprégnés.
Tous les autres phénomènes de l'éva-
poration , de la liquéfaction , de la va-
porisation , de la dissolution , de la
précipitation ; de même que la formation de l'eau , des acides et des oxides
métalliques, dépendent également de
ces trois causes. En un mot, toute la
physique ne roule que sur la manière ,
dont elles agissent selon les circons-
tances. Plus on étudiera la nature ,
plus le tableau de ses productions s'en-
richira , et plus aussi celui des forces
qu'elle met en œuvre se simplifiera.
Un jour viendra sans doute , où un
grand nombre d'animaux , de végétaux
et de minéraux encore inconnus enri-

chiront l'Histoire naturelle; où une
foule de phénomènes, non encore observés, exerceront la sagacité des philosophes ; où beaucoup de substances,
encore regardées comme simples, seront décomposées, et où l'on ramenera à un même principe général une
infinité de faits, attribués jusqu'à présent à des causes particulières : car,
quelqu'abondante qu'ait pu être la
récolte de nos prédécesseurs, il y aura
toujours encore assez à moissonner
dans le vaste champ de la vérité, et
jamais les hommes ne parviendront
à le défricher entièrement. Malgré
toutes ces découvertes futures, et
quoiqu'il soit presque aussi difficile
d'assigner des bornes à l'esprit humain, que de fixer celles de la nature, elle nous présentera cependant
encore bien des mystères impénétra-
bles, et il y aura toujours une infinité de vérités intéressantes, que nous

serons éternellement condamnés à ignorer.

Quand même nous pourrions parvenir à connoître parfaitement le globe terrestre, avec tous les êtres qu'il contient, il n'y auroit pas de quoi nous enorgueillir; et nous n'aurions encore qu'un bien petit chapitre de l'immense histoire de la création. Car, si la lumière du jour nous découvre de ravissans tableaux, les ombres de la nuit déroulent à nos yeux des beautés d'un autre ordre, et des spectacles encore plus sublimes. Dès qu'elle a étendu ses voiles sombres sur l'horizon, on voit paroître en silence la brillante armée des cieux. Elle déploie peu à peu ses innombrables bataillons dans les plaines azurées du firmament, et semble vouloir les offrir à la contemplation des mortels (1). C'est alors que

(1) Ce n'est point dans la bouche, ni dans

La pensée s'élève et devient profonde ;
c'est alors qu'elle s'efforce en vain
d'atteindre les limites de cette vaste
sphère du monde, dont la circonfé-
rence n'est nulle part, et dont le
centre est par-tout. Elle se demande
quelle force tient suspendus tant de
globes énormes, au-dessus des abîmes
de l'espace ? Quel est le premier mobile de cette immense machine, dont
rien ne trouble l'admirable harmonie ?
Qu'est-ce que cette zône blanchâtre,

les livres des hommes foibles, ignorans et passagers, qu'est la gloire du créateur : c'est au
firmament qu'elle est écrite, et les astres qui y
brillent en sont les éternels caractères. Que
pourroient y ajouter les cantiques, et les louanges de tous les hommes réunis ? Qui sommes-
nous pour oser louer Dieu ? Est-ce à des aveu-
gles qu'il appartient de faire l'éloge des couleurs
et de la lumière ? Et, quand nous aurions assez
de sagacité, pour appercevoir les plans de cette
intelligence infinie, dont nous ne saisissons çà

qui environne tout le ciel, comme
une ceinture semée d'innombrables
soleils? Que sont devenues ces étoiles
changeantes, plus brillantes que Si-
rius, qui ont paru tout-à-coup, et qui
se sont éclipsées de même? Où vont
ces comètes chevelues, qui voyagent
dans les espaces célestes, bravent les
feux du soleil, et s'en éloignent ensuite à des distances incommensura-
bles? D'où vient l'étonnante uniformité de ces planètes, qui tournent

---

et là que quelques fragmens détachés de leur
chaine; Dieu est-il vain, imparfait et borné,
comme les rois de la terre? a-t-il besoin, comme
eux, de l'encens et des hommages de ses sujets?
Non. Le seul hommage, que nous puissions lui
rendre, consiste dans le sentiment profond de sa
grandeur, et dans celui de notre petitesse. « Celui
» à qui le ciel même doit son existence, n'a que
» faire des louanges d'un vermisseau » :

Und wem der stimmel selbst sein Wesen hat zu danken,
Braucht eines Wurmes Lobspruch nicht.

HALLER.

II.   5

autour de leur astre central dans le même sens, et presque dans le même plan? Enfin ces mondes sont-ils habités?

A cette dernière question, un célèbre philosophe moderne (1) répond qu'on n'en sait rien. Il est bien vrai que nous ne sommes pas aussi sûrs de cela que d'une vérité géométrique; mais la probabilité est, ce me semble, aussi forte qu'elle peut l'être, et il est à-peu-près aussi certain que les planètes sont habitées, qu'il l'est que la terre tourne autour du soleil. En effet, l'induction est exactemeut la même dans l'un et l'autre cas. Car, si dix planètes principales semblables à la terre, et en partie beaucoup plus grosses qu'elle, sont forcées de circuler autour du soleil, pourquoi celle-ci ne seroit-elle pas assujétie à la même

_____

(1) D'Alembert,

loi? Et, si celle-ci a des habitans, pourquoi les premières n'en auroient-elles
pas? D'abord il n'y a pas la moindre
impossibilité à cela; car, bien qu'il
fasse très – chaud dans Mercure, et
très-froid dans Uranus, les habitans
de ces planètes peuvent être organisés
de façon qu'une chaleur extrême, ou
un froid excessif, soit absolument nécessaire à leur existence; ou bien le
sol qu'ils habitent peut être composé
d'une matière très - froide ou très-
chaude. De plus, la parfaite analogie
que nous observons entre la figure et
les mouvemens de la terre et ceux des
autres planètes, donne à cette opinion le plus haut degré de probabilité; car celles-ci sont, comme le globe
terrestre, des corps opaques et sphé-
riques qui tournent sur leur axe et
autour du soleil dans des orbites el-
liptiques; elles ont leurs jours, leurs
nuits, leurs saisons, leurs années et

leurs lunes, dont le nombre semble
même se multiplier en raison de leur
distance de l'astre central (1). Enfin,
les plus voisines de nous offrent à leur
surface des taches et des inégalités,
semblables à celles qu'offriroit vrai-
semblablement la terre vue du même
éloignement. Rien ne ressemble plus
au globe de la terre que celui de la
lune. Elle a ses continens, ses vallées,
ses montagnes, dont on est même

(1) La Terre a un satellite ; Jupiter en a
quatre ; Saturne, sept, outre son anneau ;
Uranus, six, sans ceux qu'on ne connoît pas
encore. Si Mercure et Vénus n'en ont point,
c'est sans doute parce qu'ils n'en avoient pas
besoin, à cause de leur grande proximité du
Soleil. Cependant les cinq planètes qui se meu-
vent entre la Terre et Jupiter, Mars, Cérès,
Pallas, Junon et Vesta font ici exception. D'où
cela peut-il venir ? seroit-ce de leur petitesse ?
ou plutôt celle de leurs satellites ne les auroit-
elle point dérobées jusqu'à présent à la portée
de nos instrumens ?

parvenu à mesurer la hauteur. Il en est de même de Vénus. Pourquoi n'auroient-elles donc pas aussi leurs habitans?

La probabilité de la population des planètes augmente encore, lorsqu'on considère qu'il n'y a pas un seul corps céleste, qui soit fait uniquement pour la terre. Car, à commencer par le soleil, il ne luit pas pour nous seuls, puisqu'il éclaire plus de cent vingt mondes connus, tant planètes que comètes, et que tous les jours on en découvre de nouveaux. Il est bien évident encore que la lune n'est pas là pour nous éclairer; car, bien que les poètes l'appèlent le flambeau de la nuit, ce seroit assurément un fort mauvais flambeau que celui, qui ne luiroit que cinq ou six jours dans l'espace d'un mois, et qui, le reste du temps, nous laisseroit plongés dans les ténèbres. Les habitans de la lune seroient plus en droit de dire que la terre est faite pour eux, puisqu'elle éclaire, sous différentes phases, toute la durée de leurs nuits, et qu'elle leur réfléchit quinze fois plus de lumière qu'elle n'en reçoit. Quant aux autres planètes, il est inutile de dire qu'elles ne sont pas faites pour nous. Pour qui existent-elles donc? Je pense que c'est pour leurs habitans.

Quoi! sur le globe de la terre, les plus petites portions de la matière fourmillent d'habitans, et, dans ces mondes énormes suspendus au-dessus de nos têtes, il n'y auroit pas un seul être vivant, organisé pour en jouir, pas un seul être pensant, capable de contempler l'admirable harmonie qui y règne, sans doute, aussi bien que sur la terre? Des millions de soleils brilleroient en pure perte, sans rien éclairer ni échauffer que des masses brutes et inanimées? La vie

n'existeroit précisément que dans ce
petit coin de la nature où nous sommes placés, et tout le reste de la création ne seroit qu'un affreux désert,
livré éternellement au silence de la
mort? Non, non, cela est impossible;
cela répugne à la saine raison, à l'idée
sublime que nous devons nous faire
de la sagesse et de la bonté du Créateur. Les planètes sont habitées : les
étoiles fixes sont autant de soleils, qui
font tourner une foule de sphères diverses, peuplées par des êtres sensibles
et intelligens, qui contemplent les
merveilles de la nature, et admirent
la grandeur de Dieu dans toutes les
régions de l'espace. Il n'y a que l'ignorance, ou la sotte vanité, qui puissent en douter. Il n'y a que ceux qui
croient que les astres sont autant de
cloux, fixés à la voûte du firmament,
ou qui s'imaginent bonnement que
le soleil, avec toute la sphère céleste,

et son innombrable cortège d'étoiles, de planètes et de comètes, existe pour eux seuls, et circule, pour leur amusement, autour de ce petit globe, qui n'est qu'un point imperceptible, dans la vaste immensité de la création.

DU BONHEUR.

Nihil est ab omni
Parte beatum.
HOR.

QU'EST-CE que le bonheur , et qui l'a trouvé? On le desire sans le connoître ; on le poursuit éternellement sans savoir où il est ; on va le chercher au bout du monde , tandis qu'il est bien souvent sous la main : si par hasard on le saisit, c'est pour le laisser échapper aussitôt , à l'exemple du chien qui lâche sa proie pour l'ombre ; et, après avoir épuisé à sa poursuite son temps et toutes ses forces, on sort enfin de la carrière , soupirant encore après lui , et désespéré de n'avoir pu l'atteindre.

Le bonheur fuit ordinairement

d'autant plus vîte, qu'on le pour-
chasse avec trop d'ardeur, tandis
qu'il va trouver quelquefois ceux qui
sont assez sages pour l'attendre, ou
trop paresseux pour courir après lui.
Il aime à voyager sur la terre inco-
gnito, et c'est précisément, où l'on le
soupçonnoit le moins, qu'on le rencontre le plus souvent. Son équipage
est très-léger ; il va à pied et se con-
tente de peu : la bure grossière d'un
charretier suffit pour le vêtir, la hutte
d'un pâtre pour le loger, et son chétif
repas pour le nourrir. Il fuit le bruit
et les assemblées tumultueuses ; la
pompe, le faste et la magnificence
l'effarouchent ; il passe sans se dé-
tourner devant les riches hôtels et les
palais dorés ; et, si quelquefois il daigne s'y arrêter, ce n'est que lorsqu'ils
sont habités par des Henri IV, des
Marc-Aurèle ou des Titus. Ami de l'indépendance et de la retraite, il préfère

les azyles champêtres aux cités bruyantes; il se plaît à errer au bord des
fontaines et à l'ombre des forêts. Plus
enclin à la mélancolie qu'à la gaîté,
le rire folâtre est rarement sur ses
lèvres, et ses paupières sont souvent
humectées de larmes; car il aime à
s'attendrir sur les merveilles de la
nature et sur les maux de l'humanité,
qu'il soulage autant qu'il peut. Voilà
son signalement : si jamais il se montre
à vous, c'est à ces traits que vous
pourrez le reconnoître.

Vous vous levez avec l'aurore. La
fraîcheur de l'air, le calme de vos
sens, le silence de la nature, tout
conspire à ouvrir votre ame à la jouissance. En voyant le soleil colorer de
ses feux horizontaux les nuages étendus à l'Orient, vous vous promettez
une charmante journée, sans vous
douter que ces nuées d'or et de pour-
pre, que vous admirez, recèlent la

foudre dans leur sein, et que bientôt
elle va troubler les airs et ravager
les campagnes. Il en est de même
de tous nos plaisirs : la joie, ainsi
que la lumière du soleil, ne nous
sourit un instant qu'à travers des
nuages perfides, toujours prêts à l'é-
clipser.

Eh! comment parviendrions-nous
à la fixer dans nos cœurs plus mobiles
que l'onde, et sur un théâtre qui
change continuellement d'acteurs et
de décoration? Tout passe, tout périt
sur cette terre; rien n'y est constant
que l'inconstance, et nous voudrions
y enchaîner la félicité! Pour cela, il
faudroit premièrement changer à la
fois les lois de l'univers, et la nature
de notre propre cœur : car, en sup-
posant que les objets qui nous rendent
heureux, fussent sans cesse à notre
disposition et invariables, qu'y gagne-
rions-nous, dès que nos affections

pourroient cesser de se porter sur
eux ; et réciproquement, de quoi nous
serviroient des cœurs constans, si
tout ce que nous aimons, nous échappoit incessamment ? Ils ne seroient
bons qu'à nous tourmenter, et nous
n'en serions que plus misérables.

Le bonheur ici - bas, n'est donc
qu'une chimère, si l'on entend par-
là une jouissance pure et permanente,
qui remplisse toute la capacité du
cœur humain, sans lui laisser jamais
d'autre vœu que l'éternelle continua-
tion du même état : car, en rassem-
blant les sensations les plus délicieuses
qui nous soient connues, il ne nous
est pas même possible d'imaginer une
situation qui, si elle devoit durer des
années et des siècles, pût nous paroître absolument desirable, et qui
ne fût bientôt suivie peut-être du plus
mortel ennui.

Rien n'est pur et sans mélange sur

cette planète : il n'y a rien de parfait
ni d'absolument bon dans la vie humaine. Le bien et le mal, le plaisir et
la douleur, la santé et la maladie, le
vice et la vertu, la sagesse et la folie,
s'y succèdent avec la même irrégula-
rité que la pluie, le vent, le soleil,
ou les brouillards, dans l'atmosphère.
C'est un grand bien, sans doute, puisque nous ne jouissons que par les
contraires, et que nos besoins et nos
imperfections mêmes sont la source
unique de tous nos plaisirs. Sans leur
aiguillon, nous languirions dans une
éternelle apathie ; nos facultés ne se
développeroient point, et l'ennui, qui
accable les gens oisifs, obséderoit tout
le genre humain. Mais, dans l'état actuel des choses, le bien-être étant le
fruit de la peine, « nous préparons,
» comme dit Fénélon, le plaisir par
» le travail, et nous nous délassons
» du travail par le plaisir ».

S'il n'y a point, sur la terre, de bonheur pur et inaltérable, le bonheur mixte y existe donc ; et c'est le seul que la raison nous permette de chercher, puisqu'il seroit insensé d'en desirer un autre. Mais en quoi consiste-t-il? Voilà le point sur lequel diffèrent presque tous les hommes, sans en excepter les philosophes ; car chacun a sa chimère, ou son objet favori, à la possession duquel il attache tous ses plaisirs.

Qu'est-ce qui rend heureux sur la terre? Est - ce l'opulence ? Voyez les riches, toujours pauvres dans leur abondance, se dégoûter, s'ennuyer de tout, et soupirer sans cesse au milieu de leur or. — La noblesse? Si l'homme a la véritable, qui est celle de l'ame, qu'a-t-il besoin de celle de la naissance? Si la première lui manque, celle-ci lui est encore inutile, et ne sert qu'à l'exposer au mépris et à l'humiliation des gens sensés. — Les honneurs? Ou celui qui les reçoit les mérite, ou il en est indigne : dans le premier cas, il est déjà assez grand pour s'en passer ; dans le second, ils ne peuvent que le faire rougir. — La grandeur? Voici le testament d'un des meilleurs et des plus heureux monarques (1) qui aient jamais vécu : « J'ai régné cinquante » ans ; après avoir calculé le nombre » des jours, où, durant ce long espace » de temps, j'ai été véritablement heu- » reux, je trouve qu'il se monte à » quatorze ». — La célébrité? Elle est toute entière dans l'opinion des autres, et n'influe par conséquent en rien sur notre véritable bonheur. — La gloire militaire? Alexandre, après avoir con- quis le monde, le trouve petit pour son ambition; il y meurt d'ennui et

_____

(1) Le calife Abdérame III.

de débauché. — Le pouvoir? Il est toujours précaire, puisqu'il ne réside que dans les forces et les volontés d'autrui : d'ailleurs, quelle puissance au monde est assez forte, pour nous ôter le sentiment de notre petitesse, en nous délivrant des misères de la vie et des remords de la conscience, qui planent incessamment sur la tête coupable du despote et du méchant? — Les plaisirs des sens? Les plus ravissans n'engendrent qu'ennui, dégoût et lassitude. — Les sciences? Elles ne servent qu'à nous convaincre de notre ignorance. — La sagesse? En nous montrant dans toute leur difformité les vices, les défauts et les crimes des hommes, elle ne sert bien souvent qu'à nous les faire haïr.

Le bonheur n'est-il donc nulle part? Non, il n'est nulle part hors de nous, mais il est en nous, et il n'y a que la vertu qui puisse le procurer. Tout

homme sensé, qui voudra réfléchir
sans préjugé et un peu mûrement sur
les biens, les plaisirs et les différens
états de la vie, sera conduit nécessairement au même résultat, et avouera
qu'il n'en est aucun, qui puisse donner à l'ame ce sentiment de paix et de
satisfaction intérieure, qui seul constitue le vrai bonheur sur la terre. En
effet, sans l'estime de soi-même et le
bon témoignage de la conscience, comment un cœur, incessamment agité
par la crainte ou par les reproches,
pourroit-il s'appliquer aux objets extérieurs, pour en jouir? et, ce précieux
sentiment d'estime et de contentement intérieur, peut-il résulter d'autre chose que de notre valeur morale?
Que je sois riche, puissant, fêté,
considéré, tout cela pourra bien flatter
ma vanité ; mais quel prix des qualités
accidentelles pourroient-elles me donner aux yeux de la raison? Il n'en est

point ainsi de celles qui dépendent de notre choix, et qui ont la vertu pour objet. Se sentir bon, juste, humain, bienfaisant, désintéressé, c'est une impression délicieuse, qui remplit l'ame d'une joie pure, permanente, toujours nouvelle, et que nul événement ne peut effacer; car, de tous nos souvenirs, celui d'une bonne action est le seul, qui ne soit point accompagné de regrets, et qui dure autant que nous.

De tout ceci conclurons-nous, avec Zénon, que la vertu et le bonheur sont la même chose? Non: il n'y a point de bonheur sans la vertu, cela est certain; mais la vertu ne procure pas toujours le bonheur, parce qu'il ne dépend pas d'elle de nous procurer les objets, nécessaires pour vivre en paix et avec agrément ici-bas. Plus on y réfléchit, plus on trouve que les élémens du bonheur terrestre sont renfermés dans ces trois mots de Pope, *Health*, *Peace*, *competence :* un corps sain, une fortune médiocre, et une conscience sans reproche. De ces trois choses, celle qui dépend de nous est la seule, qui puisse nous consoler du manque ou de la perte des deux autres. Tel est donc l'avantage inestimable de la vertu, qu'elle peut à la rigueur se passer de tout et se suffire à elle-même, tandis que, sans elle, toutes les grandeurs de la terre et tous les biens du monde ne sont rien.

Les hommes ont perfectionné tous les arts, hors le plus utile de tous, celui de jouir et d'être heureux. Toujours trompés par de fausses apparences, toujours entraînés par le torrent de la mode, toujours tyrannisés par des préjugés, qui sont le fléau de la raison, ils usent la vie au lieu d'en user, et ils la quittent sans en avoir jamais connu le prix. L'avare sordide

est sans cesse occupé à entasser trésors
sur trésors, comme s'il devoit vivre
éternellement ; le prodigue insensé
dissipe en un instant ce qui suffiroit
pour faire subsister des années plus
d'une honnête famille, comme s'il
n'avoit qu'un jour à vivre : l'un épui-
se sa bourse au jeu, ou sa santé dans
les bras de la volupté ; l'autre, pour
échapper à l'ennui qui le suit par-tout,
passe sa vie à faire transporter avec
fracas son insignifiante personne,
d'un quartier de la ville à l'autre :
celui-ci, fier de sa bassesse même,
trouve qu'il est beau d'encenser la
grandeur, et de ramper servilement
aux pieds de l'homme puissant ; celui-
là...... Mais, qui pourroit nombrer
tous les rameaux de l'arbre de la folie
humaine?

Hélas ! si nous connoissions nos véritables intérêts, si l'habitude de vivre avec les hommes, et l'échange

continuel qu'ils font de leurs préjugés,
ne couvroient pas nos yeux d'un voile
trompeur, qui nous empêche d'apprécier les objets et de les voir sous leur
véritable forme, combien ne serions-
nous pas étonnés de nous trouver si
loin du bonheur, et de n'avoir poursuivi qu'un fantôme, qui n'en offroit
pas même les apparences?

Nous verrions qu'il n'est point,
hors de la nature et de l'humanité,
de solide plaisir sur la terre, et que
tout ce qui est au-delà n'est qu'un
vain feu-follet qui nous égare, et que
dissipe le moindre souffle de la raison.
Que sont, en effet, tous les raffine-
mens du luxe, toutes les combinaisons
de la volupté, tous ces brillans colifi-
chets que nous nous procurons à si
grands frais, et auxquels nous atta-
chons tant de prix, en comparaison
des plaisirs purs, innocens, toujours
nouveaux, que nous procure l'étude

et le spectacle de la nature? Si les
hommes produisent quelque chose
de grand et de sublime, n'est-ce pas
en imitant ses ouvrages? N'est-elle
pas le modèle unique du vrai beau
dans tous les genres? Et ces penchans
généreux, qui portent nos cœurs à
l'attendrissement, à la commisération,
à la bienfaisance, à l'amitié, ne sont-
ils pas également la source de nos
plus vives jouissances, et le plus bel
apanage de l'humanité? Que sont toutes les fumées de l'orgueil, auprès des
joies pures de l'ame et des plaisirs du
sentiment? Le trône du monde peut-
il valoir le soupir, que nous arrache
le spectacle des infortunés, la douce
larme qu'ils font couler, et le modique secours qui échappe de nos
mains?

Homo sum, humani nihil à me alienum puto.

« Je suis homme ; que rien, de ce qui

appartient à l'humanité, ne me soit
étranger ». Telle doit être la maxime
constante de quiconque desire de jouir
et d'être heureux.

Le cœur! le cœur! c'est par lui que
l'homme vit véritablement; c'est lui
qui donne le bonheur et qui le reçoit.
Les froides spéculations d'une raison
éclairée, les ressources qu'un esprit
fécond et orné tire de son propre
fonds, peuvent bien, il est vrai, nous
procurer des délassemens fort agréables; mais, de quelque façon qu'on s'y
prenne, on ne jouit qu'à demi, quand
le cœur n'est point ému. Hommes durs
et impitoyables, dont l'oreille est
sourde aux cris des malheureux que
vous opprimez; riches oisifs et superbes, dont la main avare leur refuse
souvent jusqu'au plus léger bienfait,
cessez donc de nous vanter votre opulence et votre pouvoir; ils sont les
instrumens de votre misère, et vos

cœurs vides sont pour jamais fermés aux plus doux plaisirs de la vie.

A quoi bon murmurer si souvent contre notre destinée ? Au lieu de demander au ciel un bonheur parfait et sans mélange, qui, dans la présente constitution des choses, ne sauroit exister, et qui nous seroit peut-être plus funeste qu'utile, nous devrions plutôt le remercier d'avoir fait descendre le malheur sur la terre; car tout ce que les hommes y font d'illustre et de sublime est son ouvrage. C'est au milieu des dangers et des orages, dont il nous assaillit, qu'éclatent ces sentimens profonds et ces actes magnanimes, qui font la gloire de la nature humaine, et que la douce prospérité n'enfanta jamais. C'est à son école que se forment les grands hommes, et en général presque tous ceux qui honorent leur siècle et méritent bien de l'humanité, soit par leurs écrits, soit par leurs actions. Ainsi la nature fait croître, au milieu des tempêtes, le chêne majestueux qui répand son ombrage sur la terre, et porte ses rameaux vers le ciel.

~~~~~~~~~~~~~~~~~~~~~~~~~~~~~~~~

DE LA SOLITUDE.

Bene qui latuit, bene vixit.
OVIDE.

« Vivre caché, c'est vivre heureux »
Plus on médite cette maxime, qu'un
des premiers philosophes du dix-
septième siècle, le célèbre Descartes,
avoit choisie pour sa devise, plus elle
paroît juste ; plus on a vécu avec les
hommes, plus on en sent la vérité ;
plus on aime l'indépendance, plus on
se trouve porté à la mettre en pratique.

Ce n'est jamais qu'aux dépens du
repos et du bonheur qu'on sort de son
obscurité, et qu'on acquiert la faveur
ou la considération. Si-tôt qu'un
homme est une fois lancé dans le
tourbillon du monde, il perd dès lors

son existence propre, et ne vit plus
que par l'opinion d'autrui. Esclave
des jugemens, vrais ou faux, de ceux
dont il recherche la faveur ou la pro-
tection, et à qui il a besoin de plaire
pour parvenir, il n'a pas même une
volonté ; leurs caprices sont sa loi ;
en s'habituant à vouloir tout ce qu'ils
veulent et à faire tout ce qu'ils font,
il perd peu à peu sa trempe originelle,
et il finit par ressembler à tout le
monde, c'est-à-dire, par ne ressembler à rien. Tel est en général l'homme
du monde : il n'a point de physiono-
mie morale ; les frottemens multipliés
qu'il a éprouvés ont effacé l'empreinte
de la nature, et il en est de son caractère comme de sa chevelure, dont,
à force d'ornemens étrangers, la
couleur devient impossible à distin-
guer.

N'est-ce donc que par les autres
qu'on vit dans ce monde ? Non ; toute

existence empruntée ne vaut rien :
pour jouir, il faut être soi et à soi,
d'où il suit qu'il n'y a proprement que
le solitaire qui vive véritablement.
Ajoutons qu'il n'y a que lui qui connoisse le prix du temps, et qui sache
en mesurer la durée, non sur une horloge, pour aller ramper à des heures
déterminées dans les anti-chambres
des Grands, mais par la suite de ses
pensées, et par les progrès qu'il fait
dans la sagesse et dans la vertu.

Pour jouir des avantages de la solitude, il n'est pas nécessaire d'aller se
séquestrer au fond d'un désert pour y
vivre en anachorète; ce n'est point
non plus à cela que la nature nous
destine, puisqu'elle nous force, au
contraire, par nos besoins multipliés,
à nous rapprocher de nos semblables.
On peut être seul au milieu d'une
grande ville, et dans le cercle le plus
nombreux ; on l'est toutes les fois

qu'on ne s'occupe que de ses propres idées, toutes les fois qu'on détache son ame des objets extérieurs, pour examiner, sans prévention et pour soi, les impressions qu'ils lui font. Ce n'est qu'alors que ses jugemens, se trouvant dégagés de tout intérêt personnel et de toute considération humaine, ont toute la rectitude dont elle est susceptible. Cette solitude interne est donc un grand moyen de perfection, et on ne sauroit trop la recommander à quiconque cherche sincèrement la vérité.

La pensée est la nourriture de l'ame : c'est elle qui donne à l'homme une seconde existence, toujours ignorée de celui qui, se bornant aux seules impressions physiques, ne vit que par la moitié de son être. Eh bien ! cette existence intellectuelle et morale, mille fois plus précieuse que l'autre à celui, qui en a une fois connu les char-

mes, ce n'est que dans le calme de la
solitude qu'on en jouit pleinement et
sans distraction. Dans le tumulte du
monde, toujours agitée par la variété et la multiplicité des objets, l'ame
n'a le temps, ni de rentrer en elle-
même, ni de s'arrêter sur aucun : ses
pensées y sont gênées, retrécies,
étouffées dès leur naissance ; elles
n'ont point ce caractère élevé et grave,
que leur donne le silence de la solitude. C'est là seulement que, débar-
rassées de toute entrave, elles prennent l'essor, quittent la terre, et suivent le cours de l'imagination, qui les
promène dans toutes les régions de
l'espace et de la durée.

La solitude est un port tranquille, où
nous nous sauvons des orages de la
vie. Le calme qu'on y goûte est d'autant plus agréable, que celle-ci a été
sujette à un plus grand nombre de
traverses et d'agitations. C'est de-là

que, revenus enfin de nos erreurs , et
échappés au naufrage qui submerge
tant d'aventuriers , trop avides d'or
ou de jouissances, nous pouvons contempler à loisir, et avec une sorte de
satisfaction , les vains efforts que fait
l'homme pour atteindre un bonheur
qui le fuit, et dont le besoin le tourmente sans cesse : c'est de-là que nous
voyons tous ces grands personnages si
prônés , si enviés du vulgaire imbécille , briller un instant sur le mobile
théâtre du monde , puis rentrer à jamais dans l'oubli, qui cachoit auparavant leur bassesse et leur ineptie , et
qui ne couvre plus maintenant que
leur honte et leurs regrets.

Charles-Quint et Dioclétien culti-
vant, dans une obscure retraite, les
fruits d'un petit jardin , après avoir
abdiqué chacun le plus puissant empire du monde, y goûtoient sûrement,
dans l'oubli des grandeurs , un bon-

heur plus réel que sur le trône, en-
tourés de tous leurs courtisans. Oh !
combien, en rétrogradant sur le passé, ils devoient regretter d'avoir perdu à gouverner les hommes, un temps
qu'ils passoient bien plus agréablement à arroser leurs plantes ! Mais,
combien compte-t-on de monarques
disposés à échanger Rome contre Sa-
lone, ou Tolède contre St.-Just ? Et
combien de sujets assez philosophes,
pour ne pas blâmer celui d'entr'eux
qui auroit ce courage ?

Il semble que nous portions en nous
un penchant naturel pour la solitude.
La vue d'un hermitage, d'un cloître
isolé, d'un réduit sauvage, écarté des
habitations des hommes, a quelque
chose de touchant et d'attrayant, qui
nous fait presque désirer d'y séjourner ; et il paroît que c'est moins la
superstition, que l'amour de la vie
contemplative dégénéré en passion,

qui enfanta, dans les premiers siècles
du christianisme, tant de Cénobites
qui désertoient les villes par milliers,
pour aller demeurer au sommet des
montagnes et dans les déserts. Ce qu'il
y a de certain au moins, c'est que,
comme l'observe très-bien Fénélon,
les peintres et les poètes ne parvien-
nent guère à intéresser vivement les
hommes, qu'en les transportant, par
leurs tableaux, dans des lieux solitaires
et éloignés des villes tumultueuses.
C'est là que l'ame se repose avec délices de ce vain bruit qui, au sein de
la société, la fatigue et l'empêche
d'être à elle-même; c'est là qu'elle
aime toujours à revenir, et qu'elle
voudroit pouvoir fixer sa demeure.

Tous les grands hommes, anciens et
modernes, tels que Xénophon, Scipion,
Turenne, Catinat, Frédéric II, etc.,
ont aimé la solitude, et c'est là, sans
doute, qu'ils se sont élevés à cette

hauteur d'ame qui dirigeoit leur conduite, et qui a rendu leurs noms à
jamais immortels. Les entreprises
grandes et magnanimes, ainsi que
les pensées mâles et fortes, qui font
ensuite l'admiration des hommes, se
conçoivent et mûrissent loin d'eux :
la solitude les fait germer ; la société
les voit éclorre, et en recueille les
fruits.

Non, ce n'est point dans le tourbillon du monde qu'on forme son esprit à la vérité, et son cœur à la vertu ;
ce n'est point là que Montesquieu,
Buffon, J. J. Rousseau, Barthélemy,
ont composé ces magnifiques ouvrages, dont la lecture fait nos délices ;
c'est à la campagne, dans le silence
de la retraite, et loin du tumulte. Ils
n'ont, ce me semble, pas mal employé leur temps, pour notre plaisir
et pour notre instruction. C'est ainsi
que, pour les hommes de génie, le

meilleur moyen d'être utiles à la société, est souvent d'en vivre éloignés.

Pour se plaire dans la solitude, il
faut y porter un esprit calme et une
conscience irréprochable : c'est un
miroir qui nous réfléchit continuellement notre propre image. Comment
pourroit-elle plaire au méchant, qui
ne redoute rien tant que le tête-à-tête
de sa propre conscience, et qui, forcé
de rentrer en lui-même, s'y voit à
chaque instant dans toute sa laideur ?
Mais elle fait les délices de l'homme
sensible et de l'homme pensant : l'aimable rêverie et la douce mélancolie
l'y suivent par-tout ; elles se promènent avec lui, au bord des lacs et dans
les vallons ; elles se reposent à ses
côtés, sur le penchant des collines et
à l'ombre des noirs sapins, et c'est
à leurs touchantes inspirations qu'il
doit les plus beaux momens de sa vie.
Qu'on ne croie pas qu'il s'ennuie

dans la retraite ; il n'y est rien moins
qu'isolé : Dieu, l'ame et la nature ;
voilà sa société. Qu'elle est intéressante et sublime ! Que les fades dis-
cours de l'indifférence ou de la vanité
doivent lui paroître petits, mesquins
et méprisables en comparaison ? Dans
la solitude la plus profonde, il n'est
pas même privé du commerce des
hommes ; car il peut converser,
quand bon lui semble, avec les grands
écrivains qui ont pensé avant lui. Ho-
mère, Virgile, Plutarque, Pope, Fénélon, Gessner et tant d'autres ne
sont point morts. Leur génie respire
encore dans ces écrits immortels qu'ils
ont légués à la postérité, et qui, tra-
duits dans toutes les langues et répan-
dus d'un pôle à l'autre, prêchent la
vertu à tous les siècles, et consolent
le malheureux de tous les pays. C'est
dans la solitude que l'ame paisible se
trouve dans l'assiète la plus propre à

goûter leurs sublimes leçons, et à en profiter; c'est à eux que le solitaire consacre ses plus doux loisirs, et il ne les quitte point sans se sentir meilleur, et plus content d'être homme de bien.

Heureux celui qui, loin des hommes trompeurs et méchans, vit ignoré dans une retraite champêtre, que la nature a pris soin d'embellir! Doublement heureux le mortel, qui peut la partager avec un ami tendre, ou avec une compagne digne de son estime et de son amour! son contentement fait sa fortune. Si sa peine journalière suffit à ses besoins quotidiens, que lui resteroit-il à desirer? Il ne lui faut que de la santé; et l'exercice du travail la lui assure autant qu'il est possible. Si, par la force de sa raison, il a su braver les préjugés de son siècle; si, par la contemplation de ce vaste univers, il s'est convaincu du néant des grandeurs humaines, il est plus riche et

plus puissant que le premier monarque de la terre, fût-il entouré d'un
million d'esclaves : car, non - seulement il méprise tout ce vain superflu,
qui n'a jamais fait le bonheur de personne, mais il domine encore, par la
pensée, sur ces insectes qui croient
être quelque chose, et il est libre,
même au milieu des fers.

~~~~~~

DE LA MORALE.

L'UNIVERS étant l'ouvrage d'une cause intelligente, il doit y avoir à son existence un but général, tout comme il y en a un partiel à celle de chaque être dont il est composé : mais c'est en vain que nous chercherions à le connoître ; nos foibles yeux ne sont point faits pour lire sur le cadran de cette immense horloge : son heure actuelle, celle où son mouvement a commencé, celle où il doit s'arrêter, ainsi que les ressorts qui l'animent, nous sont à jamais inconnus. Eh ! comment nous, dont la vie n'est qu'un instant et dont l'espace n'est qu'un point (1) ; nous, qui avons à peine le

---

(1) His time a moment, and a point his space.
POPE , Ep. I. v. 72.

temps de saisir quelques harmonies d'un petit coin de l'univers, où demain nous n'existerons plus ; comment pourrions - nous suivre cette chaîne infinie qui, de tant d'êtres divers, ne forme qu'un tont unique, et dont le premier anneau confine à l'éternité ? Il n'y a que l'Etre qui la tient, qui puisse en appercevoir tous les replis.

Si le but de cet univers se dérobe éternellement à nos recherches, celui de notre propre existence n'est pas moins énigmatique, et nous est tout aussi peu connu. En effet, pourquoi le genre humain existe-t-il ? Pourquoi est-il placé sur le globe de la terre plutôt que sur celui de Jupiter ou d'Uranus ? Pourquoi a-t-il reçu telle organisation, tels besoins, telles facultés, telles passions plutôt que telles autres ? Il est clair que toutes ces questions sont insolubles, parce qu'elles dépendent d'une connoissance exacte des rapports de notre espèce avec le reste de la création, dont elle n'est qu'un bien petit pignon. Mais si l'on demande quelle est la destination de l'homme sur la terre, cette question admet une solution, parce que l'examen de sa nature, et de ses rapports avec les êtres placés dans sa sphère d'activité, fournit des données suffisantes pour la résoudre.

Pourquoi existé-je? Question oiseuse, qui n'est bonne qu'à tourmenter l'esprit humain. Que dois-je faire sur la terre, et quel a été le dessein de la nature en m'y plaçant? Question la plus importante de toutes, et que tout homme réfléchissant devroit se faire.

Je rentre en moi-même : j'y découvre des sens, une ame intelligente, et une volonté. Je regarde autour de moi : j'y apperçois une foule d'êtres qui m'affectent, et sur lesquels je suis forcé d'agir à mon tour. En examinant à quoi la nature me force, je trouverai aussi à quoi elle me destine.

Relativement à l'impression qu'ils me font, les objets extérieurs se partagent en deux grandes classes : les uns m'affectent agréablement ; les autres, d'une manière déplaisante. Rechercher les premiers, fuir les seconds, voilà le penchant irrésistible qui me domine à chaque instant ; voilà la grande loi de tous les êtres sensibles.

C'est à cette loi impérieuse que j'obéis, lorsque je m'approprie tous les objets propres à satisfaire mes besoins, ou qui me promettent quelque jouissance. En me les rendant nécessaires, la nature m'ordonne de m'en emparer, et le droit que j'ai sur eux est fondé précisément sur les rapports d'utilité ou d'agrément qu'ils ont avec moi.

Je suis donc sur la terre, pour jouir de tous les biens qu'elle produit ; mais ces biens, elle ne me les donne pas, elle me les vend , et le travail seul en est le prix : car ils ne viennent pas à moi ; je suis forcé d'aller à eux : ils ne sont pas façonnés exprès pour mon usage ; je dois les y préparer : ils sont mélangés de maux ; je dois les choisir : leurs apparences sont trompeuses ; je dois les étudier : je suis entouré d'une foule d'êtres qui peuvent me nuire ; je dois chercher à me garantir de leurs attaques : à chaque pas je rencontre des obstacles qui s'opposent à mon bien-être ; je dois apprendre à les sur-monter. Ainsi, la nature a voulu que la peine fût le chemin du plaisir, comme la santé est le fruit de l'exer-cice.

Si je vivois isolé et sans aucune re-

lation avec mes semblables, j'aurois
suffisamment pourvu à mon bien-
être; et je serois assez parfait, dès que
j'aurois trouvé le moyen de me nourrir, et de me défendre contre les in-
jures de l'air, ou les attaques des bêtes
féroces. Un ruisseau, des fruits, quelques peaux, une massue et une ca-
verne, pourroient peut-être me suffire; mais il est évident que ce n'est
point là ma destination. Si le genre
humain étoit destiné à errer éternellement au milieu des bois à la manière des animaux, la nature, qui n'a
rien fait en vain, ne nous eût point
donné cette raison susceptible de si
beaux développemens; elle n'eût point
rendu notre cœur capable de pitié, de
bienveillance et de vertu; elle ne nous
eût point accordé le privilége exclusif
de pouvoir communiquer nos pensées, par le moyen de la parole; elle
n'eût point fait dépendre du com-

merce de nos semblables nos plus douces jouissances.

L'homme est donc fait pour la société. Quoique la nécessité ait pu forcer les hommes à se rassembler, on ne peut cependant pas dire que leurs besoins prouvent qu'ils sont faits pour vivre en société ; puisque c'est elle, au contraire, qui les enfante et les multiplie à l'infini, et qu'il n'est pas prouvé que les hommes, abandonnés au seul instinct, ne pussent subsister dans les forêts, tout aussi bien que les singes et les orang-outangs. Ce qui le prouve, ce sont les facultés qu'ils ont reçues du ciel ; et, puisque l'homme a tout ce qu'il faut pour vivre en société, c'est une preuve qu'il doit y vivre. Si les singes bâtissoient des villes et équipoient des vaisseaux, ce seroit une preuve manifeste que les singes sont nés pour la civilisation. Aussi, depuis les bords stériles de la mer Glaciale, jusqu'au détroit de Magellan, voyons-nous tout le genre humain suivre la loi sociale : les stupides habitans de la Californie, les féroces insulaires de la nouvelle Zélande, et en général les sauvages les plus barbares ont un langage, et communiquent entr'eux. C'est sur les hommes réunis en société que s'étend l'empire de la Morale, dont les lois deviennent plus nécessaires, à mesure que le lien social se resserre, et que les rapports des hommes entr'eux se multiplient.

La Morale est la science, qui enseigne à l'homme les règles, sur lesquelles il doit diriger ses actions, pour n'être jamais en contradiction avec la nature, ni avec sa raison. Elle n'est que l'art du bonheur; car, celui qui a su se mettre en harmonie avec lui-même et avec l'univers, est heureux autant qu'il peut l'être.

La Morale se divise en deux bran-
ches, savoir : la Morale particulière,
qui s'applique au gouvernement des
individus, et la Morale publique ou
la politique, qui s'applique au gouvernement des peuples. Le but de
l'une est nécessairement le même que
celui de l'autre; savoir, de procurer
à l'homme la plus grande somme de
bonheur, que sa nature et celle du
corps social puissent comporter. Jusqu'à présent la politique n'a été que
l'art pernicieux de tromper les hommes, et de les opprimer. Quand elle
sera devenue l'art utile de les éclairer,
et de les rendre plus heureux, en les
rendant meilleurs, elle marchera à sa
fin, et fera le bonheur du monde
qu'elle ne cesse de désoler.

Remplir au sein de la société tous
les devoirs de la morale, et y jouir de
tous les biens de la nature : telle est
la destination de l'homme sur la terre.

Mais ces biens, il n'en jouit pas; au contraire, c'est la société qui l'en prive: c'est parce que les lois de la morale n'y sont point observées. Et pourquoi ces lois n'y sont-elles point observées ? Parce que, pour que l'homme fût quelque chose de plus qu'un automate, il falloit qu'il fût libre de les transgresser.

Toi qui, à la vue de ce cortége innombrable de maux, de vices et de passions, qui résultent de l'état social, demandes à la Sagesse Suprême pourquoi elle a fait l'homme, demande-lui aussi pourquoi elle a formé l'univers sans te consulter (1), et

***

(1) Un roi de Castille, c'étoit Alphonse x, fatigué de la complication du système de Ptolémée, s'écria : « Si Dieu m'eût consulté lors » de la création, je lui eusse donné un plan » beaucoup plus simple ». Nous ressemblons, tous tant que nous sommes, à cet Alphonse x;

pourquoi elle le gouverne d'après ses vues, et non d'après les tiennes. Toi qui lui reproches de t'avoir tiré du néant pour souffrir, demande à ton semblable pourquoi, de ce même fer qui laboure ton champ, il a forgé des poignards. La nature ne t'a point fait naître pour souffrir, puisque, de tant d'êtres qui t'environnent, il n'y en a peut-être pas un seul qui ne puisse servir à tes besoins, ou à tes commo-

---

nous voulons tous conseiller la sagesse même : rien n'est bien comme elle l'a fait ; il faudroit à chacun de nous une athmosphère, une terre, un soleil pour lui seul ; à entendre les murmures de certains hommes, on diroit qu'il n'y a d'ordre nulle part que dans leurs idées, et c'est-là précisément que le désordre se fait sentir. On connoit les deux fables de La Fontaine : *Jupiter et le Métayer*, et *le Gland et la Citrouille.* Que de Garos dans le monde auroient le nez écrasé, s; le gland devenoit gourde, si un seul de leurs vœux insensés se réalisoit !

dités, ou à tes plaisirs. Est-ce sa faute, si tu abuses de ses dons? Ne t'a-t-elle pas donné la raison pour en user? — Mais ces torrens qui ravagent les campagnes, ces pluies qui les inondent, ces grêles qui les dévastent, cette mer qui les submerge, ces secousses qui les ébranlent et renversent les villes, ces orages, ces incendies, ces volcans! Homme borné et contradictoire! Faudra-t-il donc que l'essence des corps soit changée au gré de tes souhaits? Faudra-t-il qu'à chaque instant les lois, qui maintiennent l'harmonie du monde soient suspendues, et que toute la nature tombe en ruine, pour conserver tes jours, ou pour épargner tes moissons?

L'homme a reçu du ciel deux guides pour se conduire dans ce monde, la conscience et la raison. La conscience est une espèce d'instinct moral, qui prévient le développement de la raison ou en tient lieu, et qui dicte à l'homme ce qu'il doit faire. La raison lui montre le but et le fondement de ses actions. La première sent ce qui est bien; la seconde le voit. Ces deux facultés sont également nécessaires; car, sans l'une, à force de raisonner et de calculer, nous laisserions échapper le moment d'agir; et, sans l'autre, nous ne verrions pas pourquoi nous agissons. Ainsi, la raison est l'œil de la conscience, et la conscience est la raison pratique des ignorans.

Tout ce que la conscience ou la raison, appliquée à la direction des actions morales, nous ordonne de faire, est un devoir : tout ce qu'elle nous défend, est un péché ou un crime.

Mes devoirs dérivent de ma nature d'Être pensant et libre : il n'y en a point pour l'être privé d'intelligence et assujetti au seul instinct.

La vertu n'est que l'habitude de dompter ses penchans vicieux, et de soumettre, dans tous les cas, sa volonté à la raison. Tout acte de vertu suppose deux choses ; liberté d'agir, et lutte de l'intérêt sensuel contre l'interêt moral : ainsi toute action, qui ne coûte aucun effort, ni aucun sacrifice, n'est pas proprement vertueuse ; elle n'est que bonne.

La récompense d'une action vertueuse est dans le plaisir sublime, que procure à une ame forte le sentiment d'avoir vaincu ses basses inclinations, et d'avoir agi en être pensant et raisonnable. Quand la vertu n'auroit point d'autre récompense à attendre, encore cela devroit-il suffire pour nous porter à la pratiquer dans tous les cas ; car, dans celui même où elle ordonne le sacrifice de notre propre vie, si-tôt que cet ordre est positif, c'est une preuve qu'on ne peut s'y refuser sans crime : il vaut donc mieux alors mourir content de soi-même, que de vivre dans les remords, que d'être vil à ses propres yeux, et de n'oser fixer le ciel sans honte.

Le plus beau fruit que la société fasse éclore, ce ne sont point les sciences, ce ne sont point les arts, ce ne sont point les plaisirs, ni les commodités qu'ils enfantent; c'est la vertu. Elle est le remède salutaire, que la nature applique aux maux inséparables de l'état social. Elle seule oppose une digue puissante à ce torrent infect de vices, de crimes et de passions désordonnées, qui marchent nécessairement à la suite d'un trop grand degré de civilisation. Elle seule réunit ce qu'elles ont divisé, répare ce qu'elles ont détruit, sème où elles ont ravagé, et moissonne où elles ont semé. Sans elle, l'état le plus complet de barbarie seroit préférable à celui de société;

sans elle, l'homme seroit le plus vil et le plus méprisable des êtres. Tandis que le vice bas et lâche le fait ramper dans la fange, la vertu fière et sublime l'élève au-dessus de la terre, et lui ouvre les portes du ciel (1); tandis qu'il le rapetisse, elle l'agrandit; tandis qu'il lui ôte l'estime de soi-même, elle lui rend le sentiment de sa dignité; tandis qu'il en fait une brute, elle en fait un ange, et le rend vraiment digne des regards de Dieu; car, si cet Être parfait daigne quelquefois abaisser ses regards sur ce globe misérable, c'est sans doute pour y contempler l'homme vertueux, luttant avec intrépidité contre la mauvaise

------

(1) Virtus recludens immeritis mori
Cœlum, negatâ tentat iter viâ;
Cœlusque vulgares, et udam
Spernit humum fugiente pennâ.
HOR. *Od.* L. III, 2.

fortune, triomphant de ses vils penchans, et suivant invariablement les
lois éternelles de l'ordre, de la justice
et de la raison. Oh ! quel magnifique
spectacle ! Il efface celui des astres.
Si souvent, en contemplant la voûte
étoilée, j'ai rougi de ma petitesse, en
me le figurant, je suis fier de ma
grandeur, et m'énorgueillis d'être
homme.

Certes, si l'homme est véritablement grand, s'il possède un pouvoir
réel et qui lui appartienne tout entier,
ce n'est point lorsqu'il maîtrise à son
gré toutes les puissances de la nature,
à l'aide des instrumens qu'il a reçus
d'elle : c'est lorsque, se proposant la
divinité pour modèle, par une force
qu'il ne doit qu'à lui seul, il exerce
avec courage les actes pénibles de la
vertu la plus difficile. A la vue de cette
foule de tyrans et de scélérats, qui
oppriment et déshonorent le genre

humain; je me suis quelquefois de-
mandé, pourquoi existe-t-il? Mais, au
souvenir de Damon sur l'échafaud, de
Socrate dans la prison, de Régulus
dans les supplices, de Scipion dans
l'exil, de Caton à Utique, de Sénèque
dans le bain, d'Epictète dans les fers,
de Julien mourant, de Bélisaire aveugle, j'ai suspendu mes murmures,
et j'ai remercié le ciel d'avoir créé
l'homme. Oui, un seul de ces dignes
mortels orne plus la terre, que tous
les brigands ensemble ne la souillent.

Qu'est devenue cette secte célèbre,
si féconde en grands hommes de toute
espèce, qui apprenoit à mépriser les
richesses, les plaisirs, les persécu-
tions, la douleur et la mort ; qui
prêchoit la morale la plus pure, éle-
voit l'homme au-dessus de lui-même,
lui inspiroit le sublime enthousiasme
de toutes les vertus, et qui, sous le
règne affreux des Nérons et des Domi-

tiens, soutint seule la gloire de la nature humaine, avilie par le plus féroce despotisme (1) ? Malheureuse-
ment elle n'existe plus ; le christianisme l'a détruite : et, ce qu'il y a d'é-
trange, c'est que, du sein d'une religion toute philanthropique, qui a
levé les barrières interposées entre les
différens peuples de la terre, et qui
tend à les réunir sous les lois universelles d'un père commun ; du sein
d'une religion de paix, qui ne respire
qu'amour, concorde et tolérance, on
ait vu sortir une foule de sectes nouvelles, toutes plus ou moins acharnées
à se persécuter, et s'écartant, comme
à plaisir, du vrai but et de la pure
doctrine de son divin fondateur. Quelque excellente que soit la morale évan-

_____

(1) La secte des Stoïciens, dont le savant
Montesquieu a fait un si bel éloge au vingt-
quatrième livre de l'Esprit des Lois, chap. 10.

gélique ; quelque supérieure qu'elle
soit à celle des philosophes païens ,
les opinions obscures et inintelligi-
bles , dans lesquelles on l'a noyée, ont
nui , pendant des siècles , aux bons
effets qui en devoient résulter. On a
négligé le précepte, pour disputer sur
le dogme ; et l'exercice des grands devoirs de la société est devenu moins
méritoire, qu'une foule de pratiques
minutieuses , et de croyances stériles (1). Disons plus ; beaucoup de vertus chrétiennes sont moins pures, que

---

(1) J'entends par-là ces croyances, qui n'influent ni sur le repos de l'homme, ni sur ses
actions , et d'où il ne résulte rien ; par oppo-
sition aux dogmes essentiels qui servent de base
au christianisme , et qui sont communs au ca-
tholique, au grec , au réformé, au luthérien ,
au quaker, à l'anglican. J'observerai de plus ,
à l'occasion de ces différentes sectes , que, quelle
que soit leur diversité d'opinions sur certains
points de spéculation , elles s'accordent toutes

ne l'étoient certaines vertus de l'anti-
quité païenne. Les Stoïciens , par
exemple , qui pour la plûpart ne
croyoient point à l'immortalité de
l'ame, pratiquoient la vertu pour elle-
même , et sans en attendre aucune récompense après cette vie : pour nous ,

sur les vérités pratiques ; c'est-là leur vrai point
de réunion , et c'est aussi le lien sacré , qui doit
les unir et les porter à la tolérance. Les préceptes de l'évangile , où elles puisent toutes , sont
si simples , si touchans, si bien appropriés aux
besoins de notre foible nature , que , plus on se
pénètre de leur importance , moins on en attache à ce qui est sujet à varier, et qui varie en
effet si fort , selon les contrées et les siècles.
Telles sont les cérémonies. Je puis me tromper ;
mais il me semble qu'elles sont à la vraie religion , celle qui réside dans le cœur, à-peu-près
ce que les vêtemens sont à la personne. L'homme,
en qui brille un mérite éminent , n'a que faire de
pompe et de parure , pour jouir, auprès des
connoisseurs , du respect et de la considération
qui lui sont dûs ; sa noble simplicité lui suffit :

si nous la cultivons, c'est rarement par
vigueur d'ame et par force de raison ;
ce n'est plus guère que par la crainte
de l'enfer (1), ou par l'espérance du
paradis. « Je veux, dit Charron, que,
» sans paradis et enfer, l'on soit homme
» de bien. Ces mots me sont horri-

---

mais le vulgaire, qui ne sait point l'apprécier,
ne l'estime qu'autant qu'il le voit entouré d'un
appareil plus ou moins imposant ; et, quand il
a satisfait à ce qu'exige cet appareil qui frappe
ses sens, il se croit trop souvent dispensé de
toute obligation ultérieure. C'est ainsi que le
trop de prix, qu'on met à l'accessoire, fait né-
gliger ou même perdre de vue l'essentiel ; et
l'essentiel de la religion est évidemment la pratique des devoirs de l'humanité, puisqu'elle a
été instituée pour le bonheur des hommes, et
le maintien de l'ordre social ; mais, comme le
remarque si judicieusement Montesquieu, « il y
» a bien loin, chez les chrétiens, de la profession
» à la croyance, de la croyance à la conviction ,
» de la conviction à la pratique ».

(1) Oderunt peccare mali formidine pœnæ.

» bles et abominables : si je n'étois
» chrétien, si je ne craignois Dieu,
» et d'être damné, je ferois cela : ô
» chétif et misérable, quel gré te faut-
» il savoir de tout ce que tu fais? Tu
» n'es méchant; car tu n'oses, et crains
» d'être battu : je veux que tu oses,
» mais que tu ne veuilles, quand bien
» serois assuré de n'en être jamais
» tancé : tu fais l'homme de bien, afin
» que l'on te paie, et l'on t'en dise,
» grand merci ; je veux que tu le sois,
» quand l'on n'en devroit jamais rien
» savoir : je veux que tu sois homme
» de bien ; pour ce que nature et la
» raison (c'est Dieu) le veut : l'ordre et
» la police générale le requiert ainsi,
» pour ce que tu ne peux consentir
» d'être autre, que tu n'ailles contre toi-
» même, ton être, ton bien, ta fin, et
» puis en avienne ce qui pourra (1) ».

_____

(1) De la Sagesse, Liv. II, chap. 5.

Si les Anciens nous ont laissé quelque chose de vraiment précieux, c'est sans contredit leurs ouvrages sur la morale; et, quoiqu'ait pu dire Fontenelle, un de leurs plus grands détracteurs, ils sont infiniment supérieurs aux modernes dans cette partie, comme dans d'autres. Ainsi, nous leur devons à-la-fois les exemples et les préceptes des plus rares vertus. C'est à leur école que se sont formés nos meilleurs moralistes : c'est dans les écrits de Xénophon, de Platon, d'Aristote, de Cicéron, de Sénèque, d'Epictète, de Plutarque et de Marc-Aurèle, qu'ils ont puisé le germe de leurs meilleures idées; mais, ce que très-peu ont su imiter, c'est ce ton persuasif, c'est cette élévation de sentimens, cette énergique briéveté, et sur-tout cette noble simplicité, qui prouvent qu'ils pratiquoient eux-mêmes ce qu'ils savoient si bien dire.

et qu'ils en étoient persuadés. Les livres des anciens philosophes étoient
pour la plupart usuels, et à la portée
du commun des hommes, qui pouvoit les lire et en profiter : aujour-
d'hui les savans n'écrivent guère que
pour leurs confrères, ou pour faire
montre de leur savoir, et il semble
que les sciences physiques et spécula-
tives, qui ont fait de si grands progrès dans ces derniers temps, ne se
soient perfectionnées qu'aux dépens
de la science des mœurs. L'étude des
corps a , pour ainsi dire , absorbé
celle de l'homme.

Toutefois il ne faut point blâmer
ceux, à qui la nature a donné des ta-
lens supérieurs et des dispositions
analogues, de se livrer à ces spéculations transcendantes. En quelque
genre que ce soit, un profond pen-
seur fait honneur à l'espèce humaine ; et elle se glorifiera toujours d'a-

voir produit un Aristote, un Descartes, un Leibnitz, un Newton, un
Laplace, et un Kant. S'il ne résulte
pas toujours de leurs pénibles travaux un avantage immédiat pour la
société, il est beau cependant de
chercher à reculer les bornes de nos
connoissances, de remonter aux premiers principes des choses, d'ouvrir
de nouvelles routes à la raison humaine, et de porter son flambeau
dans tous les recoins de l'édifice de la
science. Quoique le repos et le bonheur de la société ne dépendent point
des expériences de la chymie, ni des
calculs de l'astronomie, il n'en est
pas moins vrai que le perfectionnement de ces sciences a donné de plus
grandes idées de la nature et de son
auteur (1).

Pour revenir à la morale, il est

_____

(1) On sera surpris peut-être qu'ayant fait

certain que rien ne seroit plus utile,
que de ramener toute la chaîne des
devoirs qu'elle prescrit à un principe
unique, d'où ils pussent aisément se
déduire. Il existe ce principe. Ce
n'est point la belle maxime, qui ordonne de faire aux autres ce que nous

---

ailleurs l'éloge de l'ignorance, j'esquisse ici celui
de la science.

« Quand les hommes sont corrompus, dit
» Rousseau, il vaut mieux qu'ils soient savans
» qu'ignorans ; quand ils sont bons, il est à
» craindre que les sciences ne les corrompent ».

Si cela est vrai, on peut, selon les cas et
l'objet qu'on a en vue, faire tour-à-tour le
panégyrique de l'ignorance et celui de la science,
sans être pour cela en contradiction avec soi-
même : si cela est vrai, les peuples de l'Europe,
qui sont tous plus ou moins corrompus, ne
sauroient trop s'appliquer à étendre, à perfectionner leurs lumières ; et les classes de la so-
siété les plus dépravées, c'est-à-dire, les moins
nombreuses, sont celles qui ont le plus besoin
de solide instruction.

voudrions qu'ils nous fissent, parce
que, ne renfermant que les devoirs
envers nos semblables, elle manque
non - seulement de généralité, mais
encore de justesse ; puisque, ce que
nous souhaitons que les autres nous
fassent, n'est pas toujours la mesure
de ce que nous devons leur faire: car,
par exemple, un homme vain désire
bien d'être flatté sur les perfections
qu'il n'a pas, et même souvent sur
les défauts qu'il a ; d'où il ne suit pas
que ce soit un devoir pour lui de
flatter les autres sur les mêmes points.
C'est un autre principe plus général,
fondé uniquement sur la raison, qui
domine sur tout l'empire de la morale, qui est la véritable source de
tous les devoirs, et qui oblige tous
les êtres intelligens sans aucune exception; le voici : *Agis constamment
d'après des maximes telles, que tu
puisses vouloir qu'elles deviennent*

des lois générales, auxquelles tous les êtres intelligens soient astreints (1).

Telle est la fécondité de ce principe, qu'il n'y a pas un seul devoir, qu'on n'en puisse déduire avec la plus grande facilité. Pour en faire quelques applications, si je me demande, par exemple : suis-je en droit de m'ôter la vie ? Non ; car je ne peux pas vouloir que tout le genre humain se détruise ; ce qui arriveroit pourtant, si le suicide devenoit général. Est-il permis de voler ? Non ; puisque, si tous voloient, il n'y auroit plus de propriété assurée ; ce que je ne peux pas raisonnablement vouloir. Est-ce un devoir de travailler ? Oui, sans doute ; puisque, à moins de vouloir mourir de faim, je ne peux pas vouloir que tous les hommes restent oisifs, etc.

---

(1) C'est le principe fondamental de morale, établi par le philosophe de Kœnigsberg.

La raison est donc la reine des êtres intelligens. La loi morale, qui en émane, les oblige tous sans exception ; tout comme la loi sociale, qui émane du Souverain, oblige tous les citoyens. Celle-ci est la volonté générale d'un peuple, tacite ou formelle ; l'autre est la volonté générale de tous les êtres pensans ; et, tout comme je ne puis refuser d'obéir à la première, sans cesser d'être citoyen ; de même je ne puis me soustraire à la seconde sans cesser d'être homme, c'est-à-dire, une créature raisonnable. Car, si-tôt que je désire que tous agissent d'après une certaine maxime, c'est, sans doute, parce que je trouve qu'il est bon qu'elle soit généralement suivie ; si donc, je néglige de m'y conformer, je suis en contradiction avec moi-même, puisque je la veux et ne la veux pas en même temps. Si j'avois le droit de m'y soustraire, tout autre l'auroit pareillement. Je dois donc l'observer, ou nul ne le doit. Le droit de l'exception ne pourroit résulter que de mon exclusion de la classe des êtres raisonnables.

La loi morale qui m'oblige est donc fondée sur ma nature d'être intelligent. S'il faut, pour lui obéir, une rare force d'ame et des efforts continuels ; si elle exige le sacrifice de mes goûts, de mes plaisirs et de mes plus doux penchans, ô quelle délicieuse récompense ne trouvé-je point dans le sentiment de l'avoir suivie ! C'est l'observation de la loi morale qui m'élève, qui m'ennoblit, qui agrandit mon être, et me rend respectable à mes propres yeux, aux yeux de mes semblables, aux yeux mêmes de l'Être-Suprême. Sans elle, je ne suis rien ; avec elle, je suis tout : oui, le mortel qui ne l'a point transgressée, si toutefois il existe, est un Dieu sur la terre.

C'est à lui seul qu'il appartient de prononcer en tout temps, à la face du ciel, ces vers sublimes d'Horace :

Si fractus illabatur orbis,
Impavidum ferient ruinæ.

Od. Lib. III , 3.

Je me suis assuré d'un principe universel de justice, pour diriger mes actions ; mais de quelles règles me servirai-je pour diriger mes jugemens, sur les différens degrés d'estime et de respect dus à mes semblables? Il n'y en a que deux, savoir : la vertu et l'utilité du travail ; car, si la vertu seule me rend respectacle à mes propres yeux, il est évident que ce n'est que d'elle que peut dériver l'estime que j'accorde aux autres, et il est certain encore que, de deux hommes également bons, celui, dont le travail est plus utile et plus nécessaire à la société, mérite plus d'égards que l'autre. Voilà les deux bases uniques de l'estime et de la considération que méritent les hommes, parce que, si vous les dépouillez de tout ce qui n'est point eux, il ne leur restera d'autre marque distinctive que leur savoir-faire physique, intellectuel ou moral. Hors cela, tout n'est qu'erreur et préjugé puéril.

Il suit de là que les hommes les moins considérés, tels que ceux qui manient la charrue, la bèche, la hache, et en général tous ceux qui font servir aux premiers besoins de la société les productions de la nature, forment précisément la portion la plus respectable du genre humain ; et cela est d'autant plus vrai, qu'outre le travail qui les rend honorables, ils ont encore le plus souvent la bonté morale en partage ; car, la vertu est bien plus roturière que patricienne, et n'aime point à habiter avec les gens oisifs. Ainsi les

habitans des campagnes méritent généralement plus d'égards que ceux des
grandes villes, dont la plûpart ne sont
guère occupés qu'à consumer ce que les
autres ont produit, ou à fabriquer des
hochets pour satisfaire les fantaisies
des femmes, des enfans, ou des hommes qui leur ressemblent. Je serois
bien curieux de savoir ce qu'un orgueil-
leux propriétaire auroit à répondre, si
son serf ou son fermier, qu'il traite avec
tant de mépris, s'avisoit de l'apostro-
pher de la manière suivante : « Cette
» belle prairie, où vous vous prome-
» nez, c'est moi qui l'arrose et qui la
» fauche ; ces riches campagnes qui
» s'étendent devant vous, c'est moi
» qui les engraisse, qui les laboure,
» qui les ensemence et qui les mois-
» sonne ; c'est par mes soins que ces
» côteaux sont couverts de vignobles,
» et produisent leur fruit ; ce moulin,
» qui convertit votre blé en farine,

» c'est moi qui ai taillé la pierre,
» coupé le bois, forgé le fer néces-
» saire à sa construction : si vos gran-
» ges, vos caves et vos greniers se
» remplissent chaque année d'une
» abondante récolte, c'est à mon tra-
» vail, et à celui de mes pères que
» vous en avez l'obligation. Voilà les
» titres du respect que vous nous de-
» vez. Où sont les vôtres » ?

Le propriétaire seroit peut-être
encore assez sot pour méconnoître la
justesse de ce langage, ou trop pré-
venu pour profiter de la leçon.

Que chacun respecte qui le nourrit, et non qui l'avilit : cela est dans
l'ordre.

DES MALHEUREUX.

———

Il existe une classe d'hommes, inconnue chez les peuples sauvages et pauvres, très-nombreuse chez les nations opulentes et policées, laquelle n'a guère d'autre toît que la voûte du ciel, d'autre gîte assuré que les rues et les grands chemins, ni d'autre propriété qu'une besace : c'est la classe des mendians.

Il existe une classe d'hommes qui ne connoît de la fortune que ses disgrâces, de la société que ses injustices, de la vie que ses amertumes, et qui ne se nourrit guère que de larmes et de soupirs : c'est la classe des malheureux. Ils ne forment tous qu'une grande famille, rebutée des autres, et abandonnée aux soins de la Providence.

Je ne sais si je suis de cette famille-là ; mais, à en juger par le tendre intérêt qu'elle m'inspire, je serois très-porté à croire que les liens du sang et de la fraternité m'unissent à elle. Il n'en est point ainsi de ces castes, qui, énorgueillies du faux éclat des titres et des richesses, semblent perdre de vue le but de leur institution : on diroit que ce sont des êtres d'une autre espèce, tant est foible la sympathie qui règne entre nous ; mais les infortunés sont mes amis ; leur demeure est un asyle sacré, où j'entre avec plus de vénération que dans un temple (car la divinité n'habite-t-elle pas avec l'humanité souffrante et la vertu oubliée ?) et les lambeaux , qui laissent voir à plein leur nudité, sont à mes yeux des marques plus respectables cent fois que toutes les décorations brillantes, qui ne supposent que le mérite.

Arrêtons un moment nos regards sur ces intéressantes victimes du malheur. Si ce spectacle attriste nós cœurs, il les amollira peut-être, et nous fera sentir qne l'attendrissement de l'humanité vaut bien la gaieté folâtre des bruyans plaisirs.

Dieu! Quelle foule de malheureux, errant tristement sur la surface de la terre, qu'ils arrosent de leurs larmes! Qui pourroit faire l'énumération de toutes les misères humaines? et quand quelqu'un le pourroit, en auroit-il le courage? Il n'y a qu'un seul chemin pour arriver au bonheur : le nombre de ceux qui conduisent à l'infortune est incalculable. Les soucis, les chagrins, les inquiétudes, les craintes, les douleurs du corps, les souffrances de l'ame, les reproches de la conscience sont sans cesse aux aguets, et s'élancent sur nous, dès que nous cessons un moment d'être sur nos gardes. Chacun de nos pores est, pour ainsi dire, une porte par laquelle ils s'insinuent au-dedans de nous; et, dès qu'ils y sont une fois, ils n'en veulent plus déloger, ou ne trouvent plus d'issue pour en sortir.

J'entre un jour dans un de ces hospices, consacrés par la bienfaisance au soulagement des maux de l'humanité. A la vue de tant d'infortunés, rassemblés en un même lieu, je me sens saisi d'un frisson sacré; c'est le tribut que paye toute ame sensible à la fragilité humaine. Oh! que l'athmosphère de ceux, que le malheur a frappés, est salutaire au cœur! Le méchant peut-il la respirer quelque temps sans se corriger, et l'homme de bien, sans devenir meilleur? Ici, un vertueux septuagénaire, réduit à la mendicité par un fils prodigue, qui, après avoir dépensé tout son bien, a fini ses jours sur un échafaud, baigne jour et nuit ses cheveux blancs dans un torrent de pleurs. Là est une femme, jadis riche et considérée, qui, pour se soustraire aux brutalités d'un mari féroce, est venue chercher un asyle sous le toît de ceux qui manquent de pain. Voici de pauvres orphelins qui ont à peine senti les étreintes maternelles, et qui sont condamnés à n'avoir jamais d'autres parens que les bonnes gens. En voilà d'autres, à qui une société injuste et tyrannique fera un jour porter la peine des plaisirs illicites, que leurs parens se sont permis. Cette personne éplorée et si intéressante, qui est assise dans ce coin, est une jeune fille qui, rejettée du sein de sa famille impitoyable, lave dans des pleurs éternels la tache d'un seul instant ; cette autre, que vous voyez un peu plus

loin, passe les journées à demander
à tous ceux qui s'offrent à sa vue, s'ils
n'ont point rencontré son amant : à son
regard sombre et effaré, on reconnoît que la mort de cet amant lui a
fait perdre la raison. O! heureux encore les infortunés, à qui elle ne fait
pas sentir incessamment la perversité
des hommes, et les misères de leur
condition! Tandis que je m'éloigne en
versant quelques larmes, un murmure sourd vient frapper mes oreilles,
et m'attire vers une grande salle, où
j'apperçois, étendus pêle-mêle sur
leurs durs grabats, des blessés, des
malades et des mourans ; les uns mau-
dissant la vie, les autres se débattant
de toute leur force contre la mort,
qui est aux prises avec eux ; ceux-ci
l'invoquant sans cesse et la trouvant
sourde à leur voix ; ceux-là poussant
des cris aigus, que leur arrachent les
douloureuses opérations de la chirur-

gie. Qui pourroit rester sur ce théâtre
de souffrances, sans avoir le cœur
brisé, sans gémir de l'impuissance où
il est de faire cesser tant de maux?
Je suis désespéré, mais hélas! où aller
pour échapper aux infortunés? Le
plus vaste hôpital est encore trop petit, pour pouvoir loger tous ceux que
renferme la ville la plus médiocre.

A peine ai-je fait vingt pas dans la
rue, que j'apperçois un vieillard cour-
bé, qui chemine, un bâton à la main
et un sac troué sur le dos : c'est un
pauvre aveugle. Un petit chien, unique et généreux compagnon de son
malheur, lui sert de guide ; depuis
soixante ans qu'il est au monde, il
marche dans d'éternelles ténèbres, et
va mendiant de porte en porte un
chétif morceau de pain noir, pour
soutenir sa pitoyable vie. Infortuné!
le soleil ne se levera donc pour toi
que dans la tombe. J'allois murmurer

contre la Providence ; mais tu m'as fait sentir combien je dois lui être redevable de m'avoir donné des yeux pour me conduire, et pour contempler ses merveilles.

Cet homme à demi-vêtu de lambeaux, tristes débris d'un vieil uniforme, c'est un soldat invalide mutilé dans les combats : je suis obligé de glisser dans sa poche la pièce de monnaie que je lui donne ; car il n'a plus de mains pour la recevoir. La vue de ce brave homme me fait admirer la prévoyance et l'humanité de certains gouvernemens, qui, après avoir disposé à leur gré de la vie, des jambes et des bras de leurs sujets, les congédient quand ils les ont perdus, avec la permission de mourir de faim le long des grandes routes.

Mais quelle est cette bizarre figure, qui s'avance lentement là-bas, et qui semble attirer la curiosité des passans?

c'est peut-être quelque animal étranger. Approchons : c'est un cul-de-
jatte. De son petit corps congloméré
et suspendu entre deux béquilles, sort
une voix lamentable, qui sollicite un
modique secours. Pauvre homme !
sans toi je n'aurois pas si bien senti
l'avantage d'avoir des jambes, pour
me transporter où bon me semble.
Puisse le ton dont tu as prononcé cet :
Ayez pitié d'un misérable estropié !
retentir souvent à mon oreille, et
disposer mon cœur à la compassion !

Regardez cette tour aux murailles
fortes et épaisses. Au-dessous de ses
créneaux, est une embrâsure fermée
d'une grille, à travers laquelle on ap-
perçoit une tête humaine. A sa barbe
longue, à son visage pâle et décharné,
ainsi qu'au cliquetis de ses chaînes,
on reconnoît que c'est un prisonnier.
Il y a vingt ans que, séquestré de toute
société, il est enterré tout vivant dans

ce cachot infect. En voulez-vous savoir la raison? Non, je ne vous la dirai pas : vous rougiriez trop d'être de la même espèce que certains hommes.

La vue d'un captif me faisant sentir tout le prix de ma liberté, je suis fortement tenté d'en faire usage. Je sors donc précipitamment de la ville, poursuivi par l'image des malheureux qui viennent de s'offrir à moi, et je suis sans m'en appercevoir un petit sentier, qui me conduit droit à la porte d'un cimetière, au-dessus de laquelle sont écrits ces mots : *Voici le port tranquille, où l'on se repose à jamais des fatigues de la vie*. Cette inscription et la vue du ciel azuré, rétablissant peu à peu le calme dans mon esprit, je demande à la Nature pourquoi elle a fait tant de misérables. Elle me répond : Ce n'est point moi, c'est la société qui les fait. — Mais, ce sourd de naissance, cet aveugle-né? —

« Eh ! qui t'a dit qu'ils sont aussi malheureux que tu te l'imagines, s'ils ont
de quoi satisfaire leurs besoins ? Ils
vivent plus gais et plus contens que toi.
Vois ce petit bossu danser : se trouve-t-il
à plaindre de n'avoir pas cinq pieds et
demi de haut comme toi ? Si je t'avois
donné un sixième sens, tu aurois des
idées et des plaisirs, qui te sont absolument inconnus. Es-tu malheureux
d'en être privé ? Eh bien, il en est à-
peu-près de même du sourd et de
l'aveugle. D'ailleurs, cette finesse de
tact que je les ai rendus capables d'ac-
quérir, et par laquelle ils suppléent au
manque d'un sens par la perfection
d'un autre, prouve que je ne les traite
point en marâtre ».

Les malheureux sont des voyageurs,
qui ont échoué sur la mer orageuse de
la vie. Leur naufrage est utile à ceux
qui en sont les tranquilles specta-
teurs, en ce qu'ils peuvent remarquer

les écueils où ils se sont brisés, et
quelquefois les éviter ; en ce que la
vue des périls, qu'ils ne courent pas,
sert à redoubler le sentiment de leur
sécurité présente. S'il n'y avoit point
de malheureux sur la terre, la vertu
n'y seroit presque bonne à rien ; et,
sans elle, que serions-nous ? Son plus
beau privilége, sa plus noble fonction
ne consiste-elle pas à secourir les in-
digens, à consoler les affligés, à sou-
lager ceux qui souffrent ? Que dis-je ?
n'est-elle pas fille de l'infortune,
comme le vice est enfant de la prospérité ? Quand la terre eut engendré
le malheur, Dieu fit descendre la vertu
du ciel, et la lui donna pour compagne et pour appui : dès-lors leurs destinées sont pour jamais restées unies.

Hommes infortunés de tous les
pays, de toutes les sectes, de toutes
les conditions ! Venez, que je vous
presse contre mon cœur ! C'est à vous

qu'il doit ses plus douces émotions :
sans vous, les charmes de la pitié, de
l'attendrissement, de la bienfaisance,
lui seroient inconnus ; sans vous, je
serois peut-être un monstre, j'ignore-
rois le plaisir d'être homme. Oh ! que
ne suis-je assez heureux, pour pouvoir
laisser tomber une larme de consola-
tion dans la coupe de vos douleurs !
Quelque amère qu'elle vous paroisse,
ne vous découragez point : quand l'é-
preuve sera passée, vous serez bien
aises de l'avoir endurée. Espérez, espérez ! que la vue de l'avenir vous
fasse supporter le présent. Bientôt
votre constance sera couronnée ; encore quelques instans, et le ciel vous
vengera des injustices de la terre :

Sperate, miseri ! cavete, felices !

~~~~~~

DE LA VIE.

Vitæ summa brevis.

HOR.

Une succession non interrompue de besoins satisfaits et de besoins renaissans, de craintes et d'espérances, de désirs et de regrets, de longs ennuis et de courts plaisirs : voilà la vie.

———

L'homme, tourmenté d'une inquiétude continuelle, est sans cesse en avant ou en arrière de son existence, et ne vit guère que d'espoir ou de souvenirs. « Le présent, dit Pascal, n'est » jamais notre but ; le passé et le pré- » sent sont nos moyens ; le seul ave- » nir est notre objet ». Rien de plus

vrai. Mais le philosophe a tort d'a-
jouter : « Ainsi nous ne vivons pas » ;
car c'est cela même qui constitue la
vie.

———

La vie humaine est un voyage sur
un fleuve rapide qui, après quelques
sinuosités, va se perdre dans un Océan
sans rivages. Ce fleuve est différent
pour chacun de nous, soit par la lon-
gueur de son cours, soit par la nature du pays qu'il traverse. Ballottée
le plus souvent par des vents orageux,
notre frêle nacelle s'ensable, ou échoue
contre des rochers escarpés ; quelquefois aussi, poussée par de doux zéphirs, elle se promène légèrement
sur la surface de l'onde, et parcourt
des rivages enchanteurs, où nous voudrions pouvoir séjourner ; mais, entraînés par la rapidité du torrent, qui
ne nous permet pas d'y aborder, nous

tâchons alors de nous les retracer par l'imagination, qui est pour nous une sorte de télescope, à l'aide duquel nous rapprochons les objets, qu'une trop grande distance avoit fait disparoître à nos yeux.

Telle est l'image de notre vie : le fleuve, c'est le temps; l'océan, c'est l'éternité; les vents orageux sont les passions; et les zéphirs, le contentement du cœur et la paix de l'ame.

———————

N'est-il pas bien étrange, qu'étant presque toujours mécontens du présent, nous regrettions pourtant le passé, dont chaque moment a été présent? Il semble que le souvenir donne aux objets un charme, qu'ils n'avoient pas dans la réalité.

Chacun de nos jours n'est guère que.

la monotone répétition de la veille, et
l'image fidèle du lendemain : « Qui a
» vécu un seul jour, a vécu un siècle,
» dit La Bruyère : même soleil, même
» terre, même monde, mêmes sensa-
» tions ; rien ne ressemble mieux à
» aujourd'hui que demain ». En effet,
se lever, travailler ou ne rien faire, se
nourrir, se coucher et dormir ; voilà
le cercle, que nous recommençons à
parcourir régulièrement tous les ma-
tins. Il semble que nous devrions nous
lasser d'une telle uniformité ; aussi,
nous coûte-t-elle bien des soupirs : cependant, lorsque la mort vient y mettre fin, nous la repoussons avec horreur, et nous consentirions volontiers
à nous ennuyer éternellement, pour
n'être jamais obligés de mourir.

Puisque la nature a mis des bornes
à notre carrière, nous devrions lui

savoir gré de l'avoir hérissée de tant
d'épines ; car, si elle n'étoit jonchée
que de fleurs, l'idée de la mort seroit
désespérante, et empoisonneroit toutes nos jouissances : mais, dans l'état
où sont les choses, les maux dont elle
nous guérit surpassant de beaucoup
les biens qu'elle nous arrache, nous la
voyons approcher avec moins d'effroi.

———

Si la vie est un mal, nous devons en
désirer la fin ; si c'est un bien, de quel
droit prétendrions-nous en jouir à
l'exclusion de tant d'autres, qui doivent encore exister après nous, et
qui n'attendent, pour arriver, que
notre départ? Les générations à venir
nous pressent et nous poussent, pour
ainsi dire, dans la tombe ; car, à peine
un homme est-il né, qu'aussitôt un
autre descend dans la fosse et lui fait
place. C'est ainsi que, dans la vue

d'appeler à l'existence le plus grand nombre d'êtres possibles de chaque espèce, la puissance créatrice a limité leur durée, et a greffé l'arbre de la vie sur le tronc de l'arbre de la mort.

———

Le cours de notre existence est divisé en deux parties à peu-près égales, dont l'une se passe à dormir, et l'autre à veiller : durant la première, nous rêvons ; durant la seconde, nous rêvons encore : ainsi notre vie entière n'est qu'un songe.

Peut-on donner un autre nom à tous ces vastes projets de félicité, qui nous occupent? Hélas! nous ne savons pas si le soleil se levera demain pour nous; et, à voir la manière dont nous nous établissons sur cette terre, on diroit que nous n'en devons jamais déloger.

Le sage ne bâtit point dans un avenir

qu'il n'est pas sûr d'atteindre. Il met à profit l'heure présente : si elle est agréable, il en jouit ; si elle est déplaisante, il la supporte ; bien persuadé que, dans l'un et l'autre cas, elle ne sera pas de longue durée. Remercions chaque soir notre hôte, et tenons notre valise prête : nous ne serons jamais obligés de partir au dépourvu.

———

La vie du méchant est un songe monstrueux ; celle de l'homme de bien, un songe utile à ses semblables, et agréable à la divinité.

———

La nature a semé certains plaisirs sur le sentier de la vie; comme elle sème, au milieu des épines, les odorantes violettes : on ne peut guère les cueillir, sans s'exposer à des piqûres.

———

En comparant la succession des saisons avec celle des différens âges de la vie, on y trouve une ressemblance frappante. L'enfance est l'âge le plus heureux de la vie, comme le printemps est la saison la plus agréable de l'année : ils n'offrent tous deux que des images riantes ; les orages n'en troublent point encore la douce tranquillité ; et l'espérance, qui les embellit, y ajoute ce qui leur manque. Durant la jeunesse, toutes les facultés de l'homme se développent et mûrissent peu à peu, ainsi que les productions de la terre pendant l'été ; mais, comme celui-ci, elle est sujette à de fréquens orages, et bien souvent le feu des passions la consume ; comme l'ardeur du soleil flétrit la verdure, et dessèche les campagnes. L'âge viril, ainsi que l'automne, porte des fruits qui ne sont pas tous également bons, et parmi lesquels on trouve souvent de dangereux poisons. Enfin, la vieil-

lesse triste et chagrine, s'appesantis-
sant sur la tête de l'homme, le courbe
vers la terre où il va bientôt rentrer,
glace son sang et son imagination,
éteint sa mémoire, émousse tous ses
organes, et ne nous offre plus que la
désolante image du stérile hyver,
blanchi de neiges et de frimas.

———

Tout comme le spectacle des feuilles
jaunissantes, emportées par le vent
d'automne, porte à l'âme une impression de tristesse, qui lui fait regretter
les fleurs et les plaisirs du printemps :
de même, lorsque nous avons atteint
le milieu de notre carrière, nous soupirons après les beaux jours de la jeunesse. Il y a seulement cette différence, que le printemps de la nature
renaît, tandis que celui de la vie ne
peut plus revenir : si donc l'espoir
d'une autre existence ne nous soutient

pas alors, ce doit être vraiment une bien triste chose que de vieillir.

———

Rien ne nous paroît si long que les jours; rien ne nous paroît si court que les années : le temps qui dure semble ne devoir jamais finir; le temps passé n'est plus qu'un point. Nous ressemblons au voyageur qui gravit une montagne escarpée : chaque pas qu'il fait le fatigue; mais, lorsqu'après avoir atteint une certaine hauteur, il se retourne, pour embrasser d'un coup-d'œil l'espace parcouru, il est tout surpris de le trouver si raccourci.

———

Qu'est-ce que vivre? Vivre, c'est jouir de l'univers, de ses semblables et de soi-même. Nous jouissons de nous-mêmes, en faisant un bon usage de nos facultés physiques et intellectuelles; nous jouissons de nos sem-

blables, en serrant les liens de la bienfaisance et de l'humanité, qui nous
unissent à eux; nous jouissons de
l'univers, en choisissant, parmi les
biens qu'il nous offre, ceux qui sont
les plus propres à satisfaire un être
sensible et raisonnable. Qu'avons-
nous besoin pour cela de tant de richesses, de tant d'esclaves et de si vastes domaines? Nos facultés sont à
nous; nos frères nous tendent les bras;
et l'univers n'appartient-il pas à tous
les hommes indistinctement? Chacun
n'est-il pas libre de contempler ce
beau soleil qui éclaire la terre, ce
dôme immense qui la couronne, ces
montagnes, ces forêts, ces fleuves,
ces prairies qui l'embellissent, et tant
d'autres merveilles qu'elle étale à tous
les yeux? est-il nécessaire de posséder
les choses pour en jouir? Faut-il qu'un
arbre croisse sur mon terrain, pour
que je me repose avec plaisir sous son

ombrage? Hélas! qu'est-ce que la propriété de l'homme? Peut-on même
dire qu'il possède quelque chose? Non:
tout appartient à la nature ; nos pos-
sessions, ainsi que notre vie, ne sont
qu'un prêt qu'elle nous fait, et qu'elle
ne tarde pas à nous redemander. Aujourd'hui, ce petit tertre est à moi ;
dans trois jours, peut-être, je serai à
lui, et on y lira mon épitaphe. Où
sera alors ma propriété?

Au lieu d'user nos jours à courir
après la fortune, apprenons seulement à restreindre nos désirs ; à être
justes, humains, désintéressés ; à aimer Dieu dans ses ouvrages, et nous
ne mourrons point sans avoir vécu.

———

Tandis que je méditois ces pensées,
le vent a ouvert mes fenêtres, et éteint
ma lumière : c'est ainsi que le souffle
de la mort doit éteindre un jour le

flambeau de ma vie. Qu'importe, si
Dieu doit le rallumer? et si, contre
mon espoir, il ne le rallume pas,
qu'importeroit encore, si ma foible
existence entroit nécessairement dans
le plan de cet immense univers, dont
tant d'hommes ont joui, que je ne me
lasse point d'admirer, et que des millions de mes semblables admireront
encore.

~~~~~~~~~~~~~~~~~~~~~~~~~~~~~~~~~~~~~

DU TEMPS.

Dùm loquimur, fugerit invida
Ætas.

H o ʀ.

Lᴇ temps, a-t-on dit, est une grandeur successive, dont les parties se
mesurent par le mouvement des corps,
ou par la succession des idées.

Je me garderai bien de le définir;
et, si l'on me demande ce que c'est
que le temps, je répondrai, avec
S. Augustin, que je n'en sais rien.

Je vais donc faire comme tout le
monde; c'est-à-dire que je parlerai de
cet être abstrait, sans déterminer précisément ce qu'il est.

Kant ne lui donne aucune réalité
objective. Le temps n'est, selon ce

philosophe, qu'une forme purement subjective, que notre sensibilité applique nécessairement à tous les objets de ses perceptions.

En effet, le temps n'a point d'existence physique : il échappe à tous les sens, et ne peut être saisi que par la pensée, qui le considère, tantôt comme une force invisible, qui altère, détruit et renouvelle insensiblement tous les êtres créés ; tantôt comme un immense torrent, qui les entraîne simultanément vers un point non encore existant de son cours, lequel, au moment même où il devient présent, cesse de l'être.

L'imagination se le peint sous la forme d'un vieillard. Il s'approche les ailes étendues. Les heures, les jours, les mois, les années et les siècles volent sur ses pas, que jamais rien n'arrête : il doit planer sur les mondes, et les détruire successivement, jusqu'à ce que l'éternité, dont il est l'image, le précipite, à son tour, dans le même abyme où il les aura engloutis.

Sa marche silencieuse, et que rien ne retarde, étonne l'ame méditative et solitaire. Il m'entraînoit rapidement; et j'osois accuser sa lenteur! Imprudent! j'ignorois donc que l'instant où l'on desire vaut souvent mieux, que l'instant où l'on possède. J'oubliois qu'il ne peut y avoir qu'instabilité dans la succession; que l'*être* n'est qu'un point fugitif au sein de l'infini; une mobile étincelle, qui naît et s'éteint aussitôt dans la sombre nuit du néant. Elle s'élève, la voilà! cette étincelle, cette parcelle si précieuse du temps, qui porte l'être. J'ai voulu la fixer, elle n'étoit déjà plus; le gouffre avide l'a dévorée pour toujours.

Toutes les vicissitudes de la nature

m'avertissent de la rapidité de sa fuite :
les roses pâlissantes du bel âge , et
les rides de la caducité ; le déclin du
jour et le déclin de l'année ; la lueur
des étoiles , et les ombres de la nuit ;
le murmure de l'onde , et le mugis-
sement des vents ; la chûte des feuilles,
et l'émail des prairies ; le son nocturne
de la cloche , et le chant du coq ma-
tinal , sont autant de voix qui me
crient sans cesse : Être fragile et
passager ; le temps fuit ; mets à
profit cette courte vie ; ce n'est que
par la vertu qu'elle devient quelque
chose.

Le temps expire au moment de sa
naissance, et renaît au moment de sa
mort. Quelle subite et continuelle
métamorphose ! A chaque instant de
notre vie, l'avenir, qui n'étoit rien,
devient quelque chose ; et le présent,
qui étoit quelque chose, devient néant.
Le présent n'est qu'un avenir qui se

réalise. Le passé n'est qu'un présent
anéanti, qui ne conserve d'existence
que dans la mémoire : ce n'est qu'un
songe. L'avenir n'existe jamais que
dans l'imagination, et n'est le plus
souvent qu'un mensonge agréable ou
déplaisant, selon qu'on l'espère ou
qu'on le craint. Le présent, qui seul
a de la réalité, la perd encore par la
douleur, par les chagrins, par l'ennui,
ou par le mauvais usage qu'on en
fait. Ainsi beaucoup d'hommes, que
le présent ne sauroit satisfaire, sont
réduits à vivre de songes, ou de men-
songes : si la nature ne les y force
pas, ils s'y condamnent eux-mêmes.

Præsens futuro-gravidum, a dit le
grand Leibnitz. Ainsi que chaque
flot d'une rivière reçoit son mouvement de celui qui le précède, et l'imprime à celui qui le suit ; de même
toutes les portions fugitives de la durée sont liées entre elles par une

chaîne continue, qui bien souvent
nous échappe, mais qui n'en est pas
moins réelle. Le passé est le père du
présent, qui l'a remplacé, et celui-ci,
à son tour, engendrera l'avenir, qui
doit le détruire. Au moyen du passé,
que nous connoissons, nous pouvons
donc, jusqu'à un certain point, gouverner le présent, dont nous sommes
les maîtres, et influer par-là sur l'a-
venir, qui nous est inconnu. Toutefois, malgré la perfectibilité de notre
espèce, et la longue expérience des
siècles antérieurs, les nations ne paroissent pas destinées à jamais arriver
à quelque chose de stable et de parfait. Elles sont comme l'individu.
Leurs institutions, leurs opinions,
leurs mœurs, leurs besoins, leurs
projets, leurs travaux changent, selon les temps, les lieux et les circon-
stances. La seule chose qui ne varie
point en elles, c'est leur inquiétude

et leur mobilité (1). Avec des matériaux, rassemblés quelquefois des extrémités de la terre, ou en partie déjà employés par les générations précédentes, elles se flattent de pouvoir construire un édifice durable, propre à faire le bonheur ou l'admiration des générations qui doivent suivre : mais le sol n'est point assez ferme pour le porter, les

---

(1) Ceci s'applique particulièrement aux nations remuantes et turbulentes de l'Europe. Les peuples Asiatiques, et sur-tout les Chinois, ne sont pas à beaucoup près aussi versatiles, parce que, n'adoptant rien des étrangers, étant peu actifs, ne réfléchissant guère, et ne perfectionnant rien, il est tout naturel qu'ils suivent machinalement l'ornière de l'habitude, tracée de longue main par les ancêtres, qui y sont d'ailleurs beaucoup plus respectés que parmi nous. Chez les premiers, le perfectionnement est un obstacle à sa stabilité ; chez les autres, au contraire, c'est la stabilité qui s'oppose au perfectionnement.

matériaux en sont ou trop hétérogènes ou trop fragiles, le plan trop vaste ou trop étroit; les agens externes concourent encore à l'ébranler; il s'écroule, et ensevelit sous ses décombres une partie des ouvriers et des architectes. Ce qui reste s'occupe aussitôt à rassembler ses débris épars, pour en reconstruire, sur d'autres proportions, un nouvel édifice, qui, après avoir atteint une certaine hauteur, s'écroulera comme le précédent; et ainsi de suite, tant qu'il plaira à Dieu de nous laisser sur cette planète.

Que sont devenus tant de peuples fameux, que célèbre encore l'Histoire? Où sont ces Babyloniens, ces Égyptiens, ces Phéniciens, ces Grecs ingénieux qui éclairèrent la terre, et ces fiers Romains qui la firent trembler? Le temps les a détruits. Un morne silence a succédé au bruit qu'ils ont

fait dans le monde. Ces cités opulentes et si populeuses, où retentit si
souvent le cri de leurs triomphes,
sont maintenant entourées de déserts,
et ne sont plus habitées que par
l'orfraie et par les noirs corbeaux,
qui planent en croassant au-dessus de
leurs palais brisés, et de leurs temples
détruits. Du sein de tant de ruines,
riches encore en leçons éloquentes
comme en grands souvenirs, le voyageur pensif croit entendre sortir une
voix, qui crie aux générations présen-
tes : Nous fûmes ; comme nous, vous
passerez : souvenez-vous que la grandeur morale est seule impérissable.

Ainsi les races humaines passent
comme les feuilles des arbres ; cela
est vrai : mais elles se renouvellent de
même, et leur existence n'a point été
inutile à celles qui les ont remplacées.
Sans doute, cette argile, cette enve-
loppe matérielle et grossière, qu'ani-

moient jadis le génie, la science et la
vertu, a pour toujours cessé d'agir;
les tombeaux mêmes qui la renfer-
moient ont disparu, et se sont enfouis
avec leurs épitaphes : mais les effets
de la pensée se font encore sentir ; les
lumières, les vérités, et les découvertes triomphent des ravages du
temps, et influent encore, à d'immenses distances, sur les destinées du
genre humain. Que de vertus modernes n'ont pas fait éclore les vertus antiques ! Que de naufrages prévenus
par les écueils, contre lesquels se sont
brisés nos pères !

Dans l'espèce humaine, comme
dans toutes les autres espèces de corps
organisés, l'individu est nécessairement un être fugitif et périssable,
dont l'existence ne fait rien au tout.
L'espèce seule est permanente et im-
mortelle. Dans dix, vingt, cent mille
ans peut-être, la terre se couvrira de

fleurs et de fruits comme à présent,
et d'autres hommes, semblables à nous,
jouiront de ses beautés, et en re-
cueilleront les productions. Alors,
sans doute, tout aura bien changé de
face. Par ce qui a été, jugeons de ce
qui sera. Combien de phénomènes
observés, de faits rassemblés, de mé-
thodes perfectionnées, de doutes
éclaircis! Que d'arts, que de sciences,
que de vérités, et que d'erreurs nouvelles seront connues des hommes!
Quel changement dans les mœurs, le
langage, la religion, le gouvernement
et les domiciles des différens peuples!
Nos fertiles campagnes seront déso-
lées. Sur les décombres de nos villes
fastueuses croîtront des forêts de
ronces et de chardons, qui devien-
dront le repaire des hiboux et des ser-
pens, tandis que d'immenses solitudes, dont le silence ne fut jamais in-
terrompu que par le lugubre hurle-

ment des bêtes sauvages , retentiront
du bruit des ateliers , et verront de
superbes édifices s'élever aux mêmes
lieux, où croissoient les sapins (1).
Que de paisibles vallons furent jadis
le séjour des orages ! Que de navires
échouèrent contre les rochers qui les
abritent ! De même, sur la vase fécon-
dée de l'antique Océan, on verra flotter,
de riches moissons ; et de nombreux
troupeaux paîtront tranquillement au
fond de ses plages abandonnées. Au
milieu de toutes ces révolutions, des
milliers de générations s'anéantiront
successivement ; mais l'espèce restera
intacte, et la nature, toujours belle ,
toujours sublime, toujours active , et
toujours féconde.

Qu'est-ce donc qu'un individu dans

_____

(1) La ville de Pétersbourg, qui règne avec
tant d'orgueil sur son superbe fleuve, offre un
exemple bien remarquable de cette vérité.

l'immense étendue de l'Univers, et
dans la succession infinie des temps ?
Un atôme imperceptible, un rien. Aux
yeux de la nature, les espèces seules
paroissent être quelque chose. Aussi
a-t-elle pourvu sagement à leur per-
manence. Dans les animaux, elle a
attaché un attrait irrésistible aux Lois
de la reproduction ; dans les végétaux,
elle a multiplié à l'infini le nombre
des germes. Mais que lui importe que
tel ou tel individu, que tel ou tel homme périsse ? En sera-t-elle moins vi-
vante, moins riche, et moins variée
qu'auparavant ? Manque – t – elle de
moyens pour le remplacer ? Et, si la
production de cet être ne lui a rien
coûté, sa destruction l'intéressera-t-
elle davantage ? Ira-t-elle déranger,
en sa faveur, ses lois les plus générales
et les plus chéries ? Non, ce qui lui
importe véritablement, c'est la conservation du tout, lequel ne se main-

tient que par la constance, l'uniformité et l'universalité de ces mêmes lois. L'homme, qui en est la victime, peut dire en périssant, comme le patriote : Je meurs pour le salut de mes frères.

Saturne, dévorant ses enfans, nous offre une juste image du temps, qui détruit ses propres ouvrages. Mais ce père, cruel en apparence, ne dévore que pour conserver. Si ses effets dévastateurs nous frappent davantage, parce qu'ils menacent notre existence, et ruinent toutes nos œuvres, sa puissance réparatrice n'est pas moins étonnante, ni moins digne de contemplation : car, autant il abat d'un côté, autant il réédifie de l'autre. Ce qu'il vient d'éteindre et de faire mourir, au même instant il le rallume et le fait revivre ; et, tandis que, d'une main il précipite la vieillesse, et creuse le tombeau des races vivantes, de l'au-

tre il les retire de l'abyme, les rajeu-
nit, les perfectionne, et amène leur
maturité. Producteur et destructeur
infatigable de tout ce qui existe, le
Temps, ouvrier de la nature, travaille sans relâche à la génération,
au développement et au dépérisse-
ment de ses ouvrages toujours subsis-
tans, quoique toujours passagers.
L'Eternel l'a placé, comme un invisible gardien, aux portes mystérieuses
de la vie et de la mort, d'où il voit les
êtres s'écouler sans interruption, la
matière se prêter, par son moyen, à
une série infinie de modifications diverses, revêtir successivement les formes les plus opposées, et ces formes
innombrables, destinées à varier, embellir et animer le tableau mouvant
de l'Univers, se remplacer continuellement les unes les autres avec la plus
constante uniformité.

Tu te plains, ô Diophante, de la

rapidité du Temps , qui n'épargne rien : tout change dans ce monde, dis-tu tristement; tout passe. Eh! c'est précisément par la raison que tout passe, que tu dois te consoler des maux qui t'affligent. Si le Temps engloutit tes plaisirs, il emporte aussi tes peines. Aimerois - tu mieux que rien ne changeât, et qu'elles fussent éternelles? Le bien passe, cela est vrai ; mais il revient, et c'est le mal qui lui sert d'assaisonnement. Si tu n'étois jamais fatigué, goûterois-tu si bien le plaisir du repos? Si tu n'étois jamais malade, sentirois-tu si vivement le prix de la santé? Charme donc le sombre présent par l'espérance d'un plus riant avenir. Si la vue des forêts dépouillées de leurs feuillages, et des campagnes blanchies de neiges, te fait soupirer après le doux printemps; songe que l'hiver ne durera pas toujours; songe que le soleil ne s'éloigne,

que pour aller verser ses trésors sur
d'autres contrées, qui ont les mêmes
droits que la tienne à ses bienfaits;
songe enfin qu'il reparoîtra plus brillant et plus pur, et qu'il te ramènera
ces fleurs et ces ombrages que tu re-
grettes. — Mais la mort qui s'avance ?
— Quoi ! tu souffres, et pourtant tu
frémis à l'approche du médecin ? —
Et si je ne souffre pas, comment pour-
rois-je ne pas m'en plaindre ? — Fort
bien, plains-toi de ce que tu n'es point
immortel, c'est-à-dire, de ce que tu
es homme. J'admirerai ton bon sens
et ta sagacité.

DE LA MORT.

Linquenda tellus, et domus, et placens
Uxor.

HOR.

LA mort! la mort! voilà donc le terme fatal, où aboutissent tous nos efforts, et où finissent tous nos chagrins et tous nos plaisirs. Est-ce la peine de tant s'inquiéter du voyage, quand on est si sûr d'arriver au but?

La mort est un spectre, placé à l'une des extrémités de la vie. Il paroît d'autant plus hideux, qu'on en approche davantage, et qu'on a moins de courage pour l'envisager. Pour le sage, qui seul ose le fixer, ce n'est qu'une figure ordinaire, qui n'a rien d'effrayant. Il n'est pas plus surpris de voir mourir les hommes, que de les voir naître, parce qu'il sait que tout ce qui a commencé doit finir tôt ou tard, et que, vouloir toujours vivre, c'est vouloir n'avoir jamais vécu.

Et en effet, pour que l'Univers ne fût pas une masse inerte, immobile et morte, il étoit absolument nécessaire que les parties matérielles dont il est composé, fussent dans une circulation perpétuelle; sans cela, point d'organisation, de vie, ni de sentiment. Or, le mouvement continuel des parties les atténue, les divise, les modifie, sur-tout dans une machine artificielle, aussi compliquée que le corps humain. N'est-il pas bien évident que la lumière ne sauroit agir constamment sur nos yeux, ni l'air sur nos poumons, ni le sang circuler dans nos veines, sans que ces organes ne s'affoiblissent et ne s'usent à la longue? La mort n'est donc que l'effet

inévitable de ces mêmes lois du mouvement, d'où résulte la vie et l'harmonie du monde. Desirer d'être toujours jeune, toujours le même, c'est
desirer que rien ne change en nous,
ni hors de nous; c'est desirer de n'a-
voir plus de sensations, et alors on
est mort.

La nécessité de mourir n'est, à la
vérité, qu'un mal de plus pour les
hommes bornés, ou pour ceux qui,
ne se sentant pas dignes de renaître
pour une meilleure vie, redoutent la
mort comme le plus grand des maux;
mais elle peut consoler l'être religieux,
qui la regarde comme un passage à
un état plus parfait, et l'être pensant
et raisonnable, qui ne voit, dans les
lois de la nature, que la convenance
générale des choses, et dans les maux
apparens qu'elle nous présente, qu'autant de biens de plus.

Philosopher, c'est donc apprendre

à mourir (1). Il semble d'abord qu'il seroit plus vrai de dire : philosopher, c'est apprendre à bien vivre. Mais l'un revient à l'autre ; car, pour suivre toujours le plus droit chemin , il est nécessaire de ne point perdre de vue le terme auquel on tend, et ce n'est que par l'ordonnance et la bonne disposition des scènes antécédentes, qu'on donne à la pièce un bon dénouement.

Tout comme la nature nous a donné le sommeil, pour nous délasser des peines de chaque jour ; de même elle nous a assujettis à la mort, qui n'est que le repos total des peines de la vie. Si c'est un sommeil éternel, il n'y a pas lieu de le tant redouter ; car on dort bien dans les cercueils et au sein de la terre, n'y étant plus exposé , comme à sa surface, à être troublé

***

(1) Cette proposition est le titre d'un chapitre de Montaigne. V. Liv. I, 19.

par de mauvais rêves, ou par d'ef-
frayantes réalités : s'il doit être suivi
du réveil, il pourroit bien n'être pas
très - agréable au méchant, mais, à
coup sûr, il sera délicieux pour l'homme de bien.

L'idée de la mort n'est point si
noire, ni si affreuse qu'on se l'imagine. Elle reparoît à chaque instant
dans les poésies d'Horace, dont elle
fait même un des plus grands charmes ;
et ce n'est pas sans plaisir qu'on se
promène quelquefois, avec Young,
au milieu des tombeaux. En entre-
voyant, dans le lointain, le moment
de notre destruction, nous sentons
mieux le prix de notre existence actuelle, et nous nous trouvons plus
disposés à en jouir. De plus, la loi
de la nature étant inflexible, on se
résigne ; étant sans exception, on se
console.

Pourquoi les hommes murmurent-

ils tant contre la mort? Elle est, pour
la plupart d'entre eux, le plus grand
des biens; si elle met fin à nos jouissances, elle termine aussi nos ennuis,
nos vaines inquiétudes, nos chagrins
et nos douleurs, qui, dans la vie même
la plus heureuse, sont toujours en
beaucoup plus grand nombre que les
premières. Si la mort n'arrivoit pas,
bientôt nous nous trouverions, comme
Calypso dans son île, malheureux
d'être immortels sur cette terre. Hélas !
que nous serions à plaindre d'être
condamnés à traîner ici-bas, dans un
éternel exil, notre pénible existence !
Quelle horrible idée, pour l'homme
souffrant et infortuné, que celle d'une
éternité de peines et de douleurs ! Le
tombeau est le cachot du crime im-
puni, et le dernier refuge de la vertu
opprimée.

C'est là que le riche présomptueux
tombe en pourriture à côté du pauvre,

qu'il accabloit de ses mépris. Il étoit
sorti nu du sein de sa mère ; il rentre
nu dans le sein de la terre. A quoi ont
servi à cet avare tous les trésors, qu'il
avoit amassés avec tant de soin? Ont-
ils pu prolonger son existence d'un seul
moment? Des héritiers ingrats, mais
plus sages que lui, danseront peut-
être sur le gazon qui couvre sa cen-
dre, et jouiront du fruit de ses sueurs,
en insultant à sa mémoire.

La Mort, promenant sa faulx sur
tout l'Univers, nivelle ces têtes altiè-
res, qui, dans leur fol orgueil, s'ima-
ginoient être au-dessus de l'humanité,
et précipite bien souvent dans la même
tombe l'oppresseur et l'opprimé ; avec
cette différence, que celui-ci trouve
des vengeurs dans la postérité, tandis
qu'elle flétrit la mémoire du méchant
et du scélérat. Tyran si vain et si in-
solent, et pourtant si foible et si petit! Mesure la fosse de tes ancêtres :

elle te donnera les justes dimensions
de ta grandeur.

Que de méditations majestueuses et
sombres sont renfermées dans ces
vastes idées de temps , de mort et
d'éternité ! L'homme pervers les re-
pousse autant qu'il peut; mais le sage
les appelle souvent à son secours, pour
y puiser d'utiles leçons , ou des con-
solations nécessaires. Ces champs sa-
crés de l'égalité , où va se terminer
le petit voyage de la vie , bien loin de
l'effrayer , lui inspirent, au contraire,
d'inépuisables et d'attachantes rêve-
ries. Il se plaît même quelquefois à
descendre , du moins par la pensée ,
dans ces lugubres caveaux qu'éclaire
la lampe sépulcrale, et où vont s'abî-
mer irrévocablement les projets , la
gloire et la puissance des fragiles Dieux
de la terre. C'est là que règne leur
poussière dans le ténébreux empire
du néant. Là , le ver assassin travaille

en silence, et dévore impitoyable-
ment son auguste proie, que retient
pour jamais l'avare et magnifique
sarcophage (1). Quel vaste champ de
réflexions profondes ! Génies des ruines et des tombeaux, temps, mort,
éternité, néant ! fantômes effrayans,
qui pénétrez l'ame rêveuse d'une salutaire horreur ; puissiez-vous appa-
roître plus souvent à ceux, qui se
jouent de l'existence de leurs semblables, et frapper leur esprit d'une ter-
reur utile à l'humanité !

La terre entière n'est qu'un vaste

_____

(1) « La fortune des riches, la gloire des hé-
» ros, la majesté des rois ; tout finit par *Ci-gît* ».
Ce sont les paroles d'Young ; mais, avant lui,
le P. Bourdaloue avait dit, en parlant des Grands:
« Quelque puissans qu'ils aient été, à quoi se
» réduisent ces magnifiques éloges qu'on leur
» donne, et ces superbes mausolées que leur
» érige la vanité humaine ? A cette inscription :
» *Hic jacet* ».

sépulcre, où, depuis l'origine du
genre humain, la mort ne cesse d'en-
sévelir les générations sur les générations. Le sol que nous foulons aux
pieds n'est, pour ainsi dire, formé
que des cendres de ceux qui nous ont
précédés : les générations se dévorent
successivement ; car les sucs de nos
ancêtres, convertis en blé ou en fruits,
passent dans notre propre substance,
dont les élémens métamorphosés ser-
viront de même à nourrir ceux qui
vivront après nous. C'est ainsi que la
vie renaît du sein de la destruction.
Le temps appelle la mort, et lui dit :
Détruis ; mais la nature, qui tend à
tout renouveler, couvre bientôt de
forêts ou de moissons les tombeaux
de nos pères.

Gens du monde, que la fortune ou
une trop grande prospérité aveugle !
si le hasard vous fait rencontrer quelque trépassé déménageant de la vie,

et allant prendre possession de sa dernière demeure ; s'il conduit vos pas auprès d'un cimetière écarté, rallentissez un peu votre marche, arrêtez-vous un instant sous son ombrage inspirateur ; écoutez le silence des morts (1) ; il est plus instructif que le vain babil des vivans, sur-tout celui des flatteurs : mais vous fuyez, hommes pusillanimes ; l'idée de votre destruction vous fait frémir ; venez donc apprendre à vous aguerrir contre les terreurs de la mort. Ecoutez : quand quelque malheureux se présentera à vous, ne le repoussez point dédaigneusement ; souvenez-vous qu'il est votre frère ; entrez dans ses peines, consolez-le, partagez avec lui votre superflu ; et soyez sûrs que ce sera le mieux placé de tous vos capi-

(1) Je sais qu'on trouvera ici une contradiction ; n'importe, je la laisse subsister.

taux, et le seul qui vous rapportera quelque chose dans l'autre monde.

Lorsque ma dernière heure sonnera, puisse le souvenir de quelques bonnes actions voltiger autour de mon chevet, et se reposer doucement sur mes paupières! De tous les biens qu'il me faudra quitter alors, ce sera le seul que j'emporterai avec moi, et que la mort dévorante n'aura pu m'enlever.

Puisse alors ma froide poussière, confondue avec celle des pauvres laboureurs, reposer en paix auprès de quelque ormeau solitaire, où les petits oiseaux prennent plaisir à faire leurs nids, et au sommet duquel la colombe vienne quelquefois roucouler mélancholiquement au coucher du soleil! Puissent les élémens de mon corps passer dans quelque aimable production de la nature, et, devenus jonquilles ou serpolet, paroître, sous

çes nouvelles formes , sur le sein des
jeunes villageoises, et leur inspirer ,
avec leur parfum, l'amour du travail
et de la simplicité; tandis que mon
ame incorruptible, échappée à la dissolution de la matière, planera vic-
torieusement sur cette scène de destruction, qui ne sauroit l'effrayer, et
jouira, dans un meilleur monde, de
ce bonheur indéfini qu'elle entrevoit,
et après lequel elle ne cesse de soupirer !

~~~~~~

DE L'IMMORTALITÉ.

Non omnis moriar.

HOR.

JE vivrai ! Tout mon être ne périra point. Mon cœur le désire ; ma conscience me le fait espérer ; ma raison m'autorise à le croire ; Dieu me l'a promis.

C'est de la perfectibilité de mon ame, que je tire la première preuve de son immortalité.

Toutes les facultés de l'homme sont susceptibles d'un développement indéfini ; et il est impossible d'assigner le terme des progrès, qu'il peut faire dans le champ de la vérité et de la vertu. C'est précisément cette qualité qui le distingue si avantageusement des autres animaux. La sphère de l'industrie animale est circonscrite dans des bornes, qu'elle ne sauroit outrepasser ; celle de la raison humaine ne connoît point de bornes, et s'étend sur toute la création. L'homme va toujours croissant en connoissances, et, quelque grands qu'aient pu être ses progrés, il meurt pourtant avec le regret de n'avoir pu atteindre ce haut degré de perfection qu'il avoit conçu, et auquel il aspiroit. Ce sublime idéal du beau, du vrai et du bon, qu'il a su se former, ne se présente incessamment devant ses yeux, que pour le faire désespérer de pouvoir jamais le réaliser ici-bas. Il sent, il sent vivement qu'il ne sait jamais tout ce qu'il pourroit savoir, qu'il ne fait jamais tout ce qu'il pourroit faire, qu'il n'est jamais tout ce qu'il pourroit être. D'un côté, les facultés illimitées de son âme le lancent dans les cieux ;

de l'autre, les besoins de son corps, et les passions qu'ils enfantent, l'enchaînent à la terre.

N'est-il pas bien surprenant que, tandis que tous les autres êtres parcourent le cercle entier de leur destination, et atteignent invariablement le point de perfection dont ils sont susceptibles, l'homme seul fasse exception à cette grande loi ? Et est-il probable qu'un être si désireux de vivre pour se perfectionner encore, soit pour jamais anéanti? Cela paroît absolument incompatible, non-seulement avec la marche générale de la nature, qui mûrit tous ses ouvrages, mais encore avec les attributs de Dieu. S'il est puissant et bon, il peut et il doit vouloir conserver un être qu'il a rendu capable de le connoître, de l'aimer, et qui tend sans cesse a s'approcher de lui. Sans cela il seroit impossible de découvrir aucun but à

notre existence, à moins que nous
n'eussions été tirés du néant pour
souffrir, soupirer et mourir au moment même, où nous commencions à
ouvrir les yeux à la lumière. Seroit-ce
là notre sort ? Je ne puis le croire. Sans
doute Dieu nous en réserve un plus
brillant après la mort. Destinés à vivre et à penser éternellement, il nous
conduit, à travers les nuages de cette
vie misérable, et par les portes du
tombeau, à un autre état, où nos facultés trouveront plus d'espace pour
se développer, et où nous jouirons
d'un bonheur plus parfait. Déjà nous
en avons le pressentiment. Nous avons
l'idée d'un bonheur pur et indépendant des sens ; mais c'est en vain que
nous le cherchons ici-bas. Au milieu
même de nos plus vives jouissances,
notre cœur soupire encore ; il éprouve
un vide, qu'aucun objet terrestre n'est
capable de remplir.

Cette vérité a été généralement re-
connue et sentie de tous les sages qui
ont existé, depuis Salomon jusqu'à Socrate, depuis Socrate jusqu'à J.-J. Rousseau. Ecoutons ce dernier : « Ce que
» les créatures peuvent occuper du
» cœur humain est si peu de chose,
» que, quand nous croyons l'avoir rem-
» pli d'elles , il est encore vide : il faut
» un objet infini pour le remplir. »
— Ecoutons Bernardin de St. Pierre :
« On nous donneroit l'histoire com-
» plète des étoiles du firmament, et des
» planètes invisibles qui les environ-
» nent, nous y appercevrions une foule
» de plans inénarrables de sagesse et
» de bonté , que notre cœur soupireroit
» encore : sa seule fin est la divinité
» même. »

Ce vague désir que rien ne peut satisfaire, cette éternelle inquiétude qui
nous tourmente, ne seroit-elle pas une
preuve que nous sommes faits pour

un autre état, et que cette terre n'est
point notre véritable patrie?

Non-seulement nous soupirons sans
cesse après un séjour plus fortuné;
mais nous espérons encore d'y arriver,
et c'est cet espoir qui nous soutient au
milieu des tempêtes de la vie :

> Hope springs eternal in the human breast;
> Man never is, but allways to be blest :
> The soul, uneasy and confin'd from home,
> Rests and expatiates in a life to come.
>
> POPE , *Ess. on M.* Ep. I.

« L'espérance jaillit éternellement
» du cœur de l'homme ; il n'est jamais
» heureux , mais il espère toujours de
» l'être : l'ame, inquiète et confinée
» loin de sa demeure , se repose et s'é-
» tend dans une vie à venir. »

C'est sur cette espérance d'une autre vie, allumée par la nature dans le
cœur de tous les hommes, que Platon
établissoit la principale preuve de l'im-

mortalité de l'ame. En effet, à quelle fin Dieu, qui est l'auteur de notre être, nous auroit-il donné des désirs et des appétits, qui ne doivent jamais être satisfaits? Nous auroit-il condamnés au tourment de Tantale, en faisant naître en nous cette soif inextinguible du bonheur et de l'immortalité? Est-ce, pour le tromper et se jouer de sa foiblesse, qu'il imprime à l'être pensant cette tendance irrésistible à un état plus parfait? Non, Dieu ne sauroit nous tromper. En proposant un meilleur avenir à nos espérances, il nous le promet.

Si l'ame périt avec le corps, il est certain que ma conscience et ma raison m'égarent; et alors tout le système de la morale, qui sert de base à la société, n'est plus qu'une erreur grossière, dont le méchant seul profite, et dont l'honnête homme est la dupe. La conscience ne cesse de me crier, avec

un sentiment irrésistible de vérité :
Fais le bien , et tu seras heureux.
La raison me dit pareillement qu'il
doit y avoir un rapport exact entre le
bonheur et la vertu, entre le vice et
le malheur. Or , ce rapport n'existe
point sur la terre , où le méchant jouit
de tous les agrémens de la vie , tandis
que l'homme vertueux n'en connoît
bien souvent que les amertumes , se
flétrit dans l'indigence, et meurt dans
la misère ou dans l'oubli. Il doit donc
y avoir , après cette vie , un autre ordre de choses , où l'équilibre sera réta-
bli , et où le vice et la vertu trouveront
chacun la récompense qui leur est due.
Cet argument est le plus solide qu'on
ait avancé en faveur de l'immortalité
de l'ame; il est fondé sur la nature de
notre entendement, qui nous force à
le regarder comme vrai ; il est même
indépendant de l'existence de Dieu ,
ou plutôt celle-ci en est une consé-

quence : car, puisque les lois de la
justice, à l'observation desquelles nous
sommes astreints par la conscience et
par la raison, existent, il faut nécessairement qu'il existe aussi un lé-
gislateur qui les ait établies, et un juge
suprême qui les venge et qui les sanctionne.

Vertueux infortunés de tous les siècles et de tous les pays! seroit-il vrai que
vous n'avez point été vengés de tant de
vils persécuteurs, et vos ames sublimes seroient-elles devenues, ainsi que
votre poussière, la proie du tombeau?
Non, vous vivez, vous existez dans le
sein de cette ame universelle qui anime
le grand tout, et dont la vôtre étoit
sans doute une émanation. Cette en-
veloppe mortelle, sous laquelle vous
parûtes, n'étoit qu'un vêtement d'un
jour, que la nature vous avoit prêté,
pour la rendre bientôt à de nouvelles
combinaisons; mais cette flamme di-

vine qui l'habitoit n'a pu s'éteindre ;
elle est retournée à la source commune
de l'intelligence, et c'est-là que, dé-
barrassée de ses entraves, elle brille
de tout son éclat.

Ce n'est point, comme on l'a cru
long-temps, de l'immatérialité de
l'ame que dépend son existence future ; car l'indestructibilité de la substance spirituelle n'est pas plus dé-
montrée, que la destructibilité de la
matière. Que l'ame ne soit qu'un souffle
léger, ou une flamme subtile, comme
le pensoient les anciens philosophes ;
qu'elle soit esprit, matière, un composé de l'un et de l'autre, ou tout ce
qu'on voudra : nous n'en sommes pas
moins forcés de conclure, de tous les
étonnans phénomènes qu'elle nous
présente, que c'est une force très-
réelle, une force intelligente, essentiellement active et libre.

En effet, les qualités ou les facultés,

qui ne sont que des abstractions , ne
pouvant exister sans un sujet quelcon-
que qui leur sert de support , il est
clair d'abord que les facultés ou opérations de l'ame doivent avoir un sujet.
Si vous réfléchissez ensuite sur cet inconcevable JE , vous sentirez que ,
quand vous dites , par exemple , *je
pense,* ce JE, qui est le sujet pensant,
n'est ni votre corps en totalité , ni aucune partie de votre corps , ni une partie de ses parties ; mais quelque chose
d'indivisible , en quoi réside l'identité,
qui est le point commun de réunion de
tous les sentimens , de toutes les idées,
de toutes les déterminations, qui constitue le vrai *moi* humain , et de la réalité duquel vous êtes plus assuré que
de celle du monde extérieur.

Une autre considération, qui vient
à l'appui de cette vérité primitive de
sentiment, c'est que toutes les parties
du corps humain sont dans un flux

continuel. Il perd incessamment par l'haleine, la transpiration, etc., tout ce que la nutrition lui fait regagner. Non-seulement, les fluides s'évaporent et se dissipent, « les molécules solides » elles-mêmes, dit un savant physio- » logiste, se détachent successivement » pour être remplacées par d'autres ; » en sorte que toutes les parcelles du » corps peuvent être regardées comme » dans un mouvement perpétuel (1) ».

Si cela est ainsi, comment se fait-il donc qu'au milieu de ces perpétuelles vicissitudes, je conserve pourtant, sans aucune altération, le sentiment de mon identité? Comment se fait-il que, bien qu'il n'y ait peut-être pas, dans tout le corps d'un vieillard, une seule molécule qui soit la même que celles, dont il étoit composé dans sa

(1) Cuvier, Tableau élém. de l'Hist. nat. des Animaux, pag. 63.

jeunesse ou dans son enfance, il se
rappelle cependant avec tant de viva-
cité ce qu'il a fait, pensé et senti à
cette époque? Il est clair que, si les
idées et les sensations résidoient uniquement dans la machine organique,
elles devroient s'effacer à mesure que
les parties de celle-ci, qui en sont les
dépositaires, se détachent ; tout
comme la feuille légère est empor-
tée par le flot qui la supporte.

L'anéantissement n'ayant point lieu
dans la nature, si l'ame est donc une
force réelle, comme on n'en sau-
rait douter, elle doit continuer d'être,
parce qu'elle a commencé. La raison
suffisante de son existence future est
précisément dans son existence actuelle : car, pourquoi la force quel-
conque, qui produit la pensée, ne
serbit-elle pas aussi chère à la nature,
aussi nécessaire à sa constitution,
aussi indestructible que celle qui fait

mouvoir les planètes, et qui ne nous
est pas mieux connue que la première?
De plus, comme une force, quel que
soit l'organe par lequel elle agit, ne
peut jamais cesser de se manifester
par ses propriétés essentielles, qui la
distinguent de toute autre : comme,
jusqu'à son entier développement,
chaque être passe par une suite non
interrompue de formes ascendantes
et de fonctions plus étendues; l'ame
humaine doit, non-seulement continuer d'agir conformément à ses qualités inhérentes, qui sont l'intelligence
et la liberté, mais elle doit encore continuer à parcourir la série entière des
perfections, dont elle contient évidemment le germe, et que tant d'obstacles empêchèrent de se développer
ici bas. L'homme physique atteint son
degré de perfection, comme tous les
autres êtres organisés; comme eux,
il décline et meurt, parce qu'il est un

terme marqué à son accroissement et
à ses facultés nutritives ; mais les
mêmes causes de destruction ne sauroient agir sur l'homme moral, c'est-à-
dire, sur le principe pensant, qui n'atteint jamais ce degré, et qui reste toujours à une distance infinie de ce terme.

S'il est contraire aux lois générales
de progression, établies par la nature,
qu'un être, susceptible d'un développement illimité, s'arrête au milieu de
sa course, il seroit bien plus contradictoire encore qu'il rétrogradât, et
qu'une ame intelligente, par exemple,
redevînt ame sensitive, et celle-ci ame
végétative. On ne voit point le léger
papillon redevenir lourde chenille, ni
le chêne majestueux rentrer dans le
gland dont il est sorti.

Cette même gradation d'existences,
ces mêmes lois générales de progression, qui s'observent dans toutes les
parties du monde visible, ne doivent-

elles pas nous faire présumer qu'elles règnent aussi dans le monde supersensible, dans ce monde Platonique, si discrédité de nos jours, regardé par les uns comme une chimère ingénieuse ; par d'autres, comme une complète absurdité, et dont l'existence est cependant, non-seulement très-possible, mais même très-probable? car, n'admettre aucun intermédiaire entre l'intelligence divine et celle de l'homme, ou, ce qui est bien pis, regarder celle-ci, comme constituant à elle seule tout l'empire intellectuel, uniquement par la raison que nous n'en connoissons pas d'autre; ce seroit raisonner à peu près aussi juste que ce roi de Siam, qui nioit la possibilité de la glace, parce qu'il n'avoit jamais vu que de l'eau liquide.

Mais, comment l'ame pourroit-elle exister et agir sans l'entremise du corps, auquel elle est si étroitement

unie? Eh! qu'importe que nous ne
le comprenions pas? Nos étroites conceptions sont-elles donc la mesure
unique des possibles, et les bornes
de notre intelligence, celles de la nature? Elle qui, dans tout ce que nous
pouvons voir et palper, est si variée,
si riche, si féconde, si inépuisable en
ressources et en moyens, pourroit en
manquer, pour perpétuer l'existence
de son plus noble ouvrage? Présomptueux ignorans que nous sommes,
gardons-nous d'assigner des limites à
sa puissance. Le lieu, le temps, la
forme, la combinaison, la manière
d'agir, les modes, en un mot, peuvent changer de mille manières, sans
que la substance perde pour cela aucune de ses propriétés primitives. Si
nous osons affirmer cela de la substance non-pensante, quelle raison
avons-nous de ne pas l'affirmer également de la substance qui pense?

Le dogme de la mortalité de l'ame, dont tant de gens croient être convaincus, n'est nullement susceptible de démonstration ; car il faudroit prouver clairement, par les seules lois de la physique, qu'une force pensante ne peut exister et agir, que dans cette combinaison de matière organique, qui constitue notre corps, ce qui est absolument impossible. Ce dogme n'est donc fondé que sur des possibilités, mais sur des possibilités, qui sautent, pour ainsi dire, aux yeux, et cela d'une manière souvent effrayante, à la vue d'un cadavre. L'espérance de l'immortalité repose pareillement sur des possibilités contraires, qui, pour être moins frappantes et moins palpables, n'en ont pas moins de réalité aux yeux de la raison. Elle s'appuie de plus sur une somme d'analogies et de probabilités assez fortes, pour faire pencher la

balance de leur côté, pour justifier
la Providence, et pour tranquilliser
l'homme de bien. Ces probabilités
augmenteront peut-être, à mesure
qu'on pénétrera plus avant dans la
connoissance des lois secrètes de la
nature; mais on ne doit pas s'attendre
à parvenir jamais à l'évidence, sur ce
point. Elle nous est irrévocablement
refusée, non-seulement parce qu'elle
ne nous est pas nécessaire, mais sur-
tout parce qu'elle saperoit les fonde-
mens de tout notre bonheur actuel,
et détruiroit cette horreur naturelle
de la mort, qui, étant bien souvent
le seul lien qui attache encore les infortunés à la vie, les force à fournir
toute leur carrière. Il y a plus : c'est
que la connoissance précise de l'avenir, bon ou mauvais, porteroit infail-
liblement atteinte à notre moralité.
Car, si nous avions la certitude géométrique de notre immortalité, nos

bonnes actions et nos vertus, produits
de la crainte ou de l'intérêt, ne seroient plus qu'une vile monnoie, que
nous échangerions contre les biens de
l'autre monde, dont nous serions sûrs
alors, mais que, dans l'état actuel
des choses, il nous est seulement permis d'espérer.

Cette dernière considération, loin
d'affoiblir les espérances que la conscience et la raison nous autorisent à
concevoir, tend, au contraire, à les
fortifier, en nous indiquant le motif,
pour lequel la sage nature a jeté, entre nous et le monde à venir, ce voile
épais qui nous en dérobe la connoissance, sans toutefois nous empêcher
entièrement de l'entrevoir.

Sous quelle forme existerons-nous
après cette vie? — Voilà une de ces
questions, dont la solution ne seroit
pas moins propre à satisfaire nos plus
chers intérêts, que notre curiosité. —

L'ame est-elle enveloppée d'un corps organique indestructible, parfaitement semblable à celui qu'elle anime, comme l'a conjecturé Bonnet (1)? Sera-t-elle unie à un autre corps, absolument différent? Ou bien existera-t-elle dégagée de toute matière, sous la forme d'un pur esprit? Qui peut le savoir? Mais voici une réflexion qui pourra plaire aux vrais amis, et qui peut servir à consoler les amans malheureux.

Pour que la loi morale, transgressée dans ce monde, puisse recevoir une pleine satisfaction dans l'autre, il est absolument nécessaire que l'ame conserve le souvenir de ses actions terrestres, sans quoi elle seroit hors d'état de sentir si elle mérite, ou non, les peines et les récompenses qui lui sont réservées. Elle se rappellera donc les objets qui l'auront affectée, et les

(1) Voyez sa Palingénésie.

personnes qu'elle aura aimées sur la
terre. De plus, il est probable qu'un
même séjour est destiné à ceux, qui
auront marché d'un pas égal dans le
chemin de la sagesse et de la vertu ;
car, si leur mérite fut le même, pourquoi leurs destins seroient-ils différens?
Et, si leur bonheur fut de s'aimer,
pourquoi l'Être tout bon les en pri-
veroit-il, en les empêchant à jamais
de se réunir? Que l'ami mourant ne
prenne donc point un éternel congé
de l'ami qui reste. La mort ne mettra
point entre eux une barrière invincible.

Lorsque, dans une belle nuit d'hiver, je contemple ce cortége innombrable d'étoiles, attachées, depuis la
naissance du monde, à la voûte céleste ; quand je pense que chacune est
un immense soleil, qui fait probablement tourner autour de lui une foule
de mondes différens, dont chacun a,

sans doute, des corps, des élémens et des habitans qui lui sont propres, et dont il nous est impossible de nous faire la moindre idée , je ne puis m'empêcher de désirer d'y être transporté, et de croire que l'auteur de l'univers me réserve, après cette vie, une place dans quelqu'un d'entre eux. O Dieu de bonté ! m'aurois-tu destiné à parcourir successivement les différens mondes qui peuplent ta création, et à m'élever, peu à peu , jusqu'aux pieds de ton trône immobile? Je me prosterne devant tes décrets, et j'adore, sans la connoître, ta volonté suprême.

Le désir de l'immortalité est si enraciné dans le cœur humain, qu'il se masque bien souvent sous celui de la gloire et de la célébrité, lesquelles n'en sont pas même une ombre légère. Cet utile désir est même quelquefois si vif, que, par la plus incon-

cevable de toutes les contradictions ,
nous lui sacrifions jusqu'à notre propre
vie, sans laquelle la gloire la plus écla-
tante et la renommée la plus étendue
ne sont pourtant rien du tout. Qu'est-
ce qui fait affronter à tant de gens la
misère, la persécution, la douleur et
la mort, sinon l'espérance de vivre
dans la mémoire des hommes, et d'é-
terniser leur réputation? L'homme
mesure avec un secret effroi le cercle
borné de ses jours ; cependant il ne
balance pas à en faire le sacrifice, pour
un vain souvenir qu'il attend de la
postérité, et que bien souvent elle lui
refuse. Vivre, vivre toujours! Tel est
le vœu constant de son cœur. Sera-
t-il accompli? Je l'espère, il le sera.
La meilleure partie de mon être ne
périra point. Je vivrai!

FIN.

TABLE

DES MATIÈRES

CONTENUES DANS LA SECONDE PARTIE.

DE L'IMPRIMERIE DE CRAPELET.

www.ingramcontent.com/pod-product-compliance
Lightning Source LLC
Chambersburg PA
CBHW070454030726
47503CB00004B/1041